別西卜
地獄的第二把交椅、阿斯莫德的雙胞胎哥哥。看似謙虛，實際上比誰都還要野心勃勃，對宮成西抱持著極大興趣。
與阿斯莫德
令人捉摸不透，目前似乎在策劃足以讓地獄動盪的計畫。

阿斯莫德
好色魔王，對於美女跟追求愛情（？）異常執著，不開口時給人沉穩帥氣的形象。
地獄四天王之一，地位僅次於路西法。雖然是名好色惡魔，其實頗富智慧與謀略，身穿龍麟盔甲。

GOBOOKS & SITAK GROUP©

GOBOOKS
& SITAK
GROUP©

三日月書版

三日月書版

Author帝柳 Artist 愁音
惡魔調教
Project
3
輕世代
FW235
三日月書版

on Project

Tuning Dem

目錄 Contents

序幕

米迦勒的憂鬱

Tuning Demon Project

這是一片時間停駐之地。

這是一片擁有永恆春天的宜人之地。

這是一片當初曾棲居著亞當與夏娃的樂土。

這裡是——伊甸園。

金色長髮的男子收起背後碩大的潔白羽翼，面對這片生氣蓬勃、綠意盎然的樂園。

別於他平常的形象，此時的他略帶陰鬱，輕輕地嘆了一聲：

「這裡，再怎麼美好，總覺得缺少點什麼啊……」

「米迦勒，你這樣唉聲嘆氣，天父聽到可是會難過的。」

另一名天使來到金髮男子的身邊，雙手扠在口袋裡，嘴角上挑著一抹笑。

「你明知天父現在聽不到。」

被稱為米迦勒的金髮男子，沒有轉過頭去看向對方。

「人世曾有人說『上帝已死』，就是這個意思吧……不過，實際上這說法誇大了點，天父不過是沉眠罷了。」

這名男性天使聳了聳肩，看著米迦勒的側臉。

米迦勒擁有天界最俊美的面容，光明、強大的大天使。他是天父指定的伊甸園守護者，也是唯一具有大天使頭銜的靈體。

在與墮天使們抗戰的七日戰爭中，米迦勒也是最維護天父的那一人，眾所皆知他當時使盡全力與路西法等人周旋對戰。

當年那些墮天使現已被驅逐到地獄，天庭享受著近乎無垠的安寧。他們的天父也在七日戰爭不久後進入沉睡狀態。

從那之後，米迦勒的面容總是透露著一抹憂鬱。雖然在人前仍一如既往地散發正面氣場……可是所有人都知道，米迦勒不如以往快樂。

也是從那時起，米迦勒偶爾會下凡到人世遊走。他當年曾與波斯的魔王交戰，也曾代表神的使者與魔鬼展開辯論大會……

身為米迦勒的好友，他永遠都記得那時的盛況，那場在人間舉辦的辯論會噴了他不少錢呢！只因想看辯論的人太多，門票被黃牛哄抬不少啊！想想還真是一陣心痛……不過，也好在有看到一場淋漓盡致又精彩的辯論。

想當然，他們家的米迦勒獲得了勝利。

在那場辯論會中，他親眼看到米迦勒久違的開懷神情。他甚至還記得，當時米迦勒躍躍欲試地跟他說不然他轉行當名嘴吧？

天知道這是多麼驚世駭俗的想法，他當然馬上阻止米迦勒了……他實在不敢想像，在人世的政論節目裡看到西裝筆挺的米迦勒推著眼鏡、認真地和另一位名嘴爭論的畫面。

噢，神啊，天父如果看到那一幕，大概會驚詫得馬上從沉睡中驚醒吧！

然而，米迦勒回到天堂後又變得鬱鬱寡歡。除了幾次率領天使軍團與卑劣的黑暗軍團對戰比較有精神外，米迦勒又是一如今天死氣沉沉。

身為米迦勒多年的基友……啊不對，是好友，他決定鼓起勇氣對米迦勒說出一句話：

「米迦勒，要不要去地獄逛逛？」

「咦？你說什麼？拉斐爾，你今天吃錯藥了嗎？」

米迦勒轉過頭來，驚訝地睜大眼睛看著對方。

拉斐爾拍了拍米迦勒的肩膀：

「去一趟地獄吧，最近的地獄似乎挺有趣的。」

「拉斐爾……」

米迦勒突然緊緊握住對方的手，「就算你是一時吃錯藥說了這些話，我還是愛你的！」

「不要擅自認定我吃錯藥好嗎？還有，後面那句少噁心了！」

拉斐爾一把打掉米迦勒的手。

有那麼一瞬間……不，很可能是往後漫長的歲月，他都會後悔吧？

後悔自己推了米迦勒一把，鼓勵他前往紛爭動盪逐漸浮上檯面的地獄。

第一章

民宿和監獄傻傻分不清

Tuning Demon Project

這裡是地獄第五層和第六層的交叉口——狄思城。

和宮成茜先前在地獄其他層所見不同，這裡的住民生前多半犯下罪大惡極之事，腳上都綁有鐵鍊。她走在街上，不時看到有許多監工督促他們做事，若不從監工的意便可能招來一陣毒打。

宮成茜見狀雖多少有些不忍，但監工們說的沒錯，這些居民本該受到這樣的懲罰，沒有這種痛苦的懲處，便不是地獄了吧！

宮成茜和阿斯莫德等人目前住在一間名叫狄斯耐的民宿裡，她已經懶得吐槽這個嚴重抄襲的店名了。

她望著窗外，目光此刻正被外頭一棟城樓尖塔上三個血淋淋的怪物所吸引。

在宮成茜眼中的那三頭怪物……與其說是怪物，更像是三個長相可怕的女人。她們有女人的肢體和姿態，舉手投足甚至還有點嫵媚，腰間束著深青色的九頭蛇。三人的頭髮上盤著無數小蛇，每一隻都張開嘴巴、露出獠牙，不停吐信。

「茜，妳在看城上那三個女人嗎？她們是凶暴的復仇女神，左邊是梅格拉，右邊在哭泣的是阿蕾朵，中間那位則叫泰絲風。」

月森注意到宮成茜的視線，便湊到她身旁向她介紹說明。

「那三個女人是在上演《妻子的復仇》還是《後宮甄嬛傳》？互相扯頭髮打來打去的看了就可怕。」

宮成茜搖了搖頭。那三名復仇女神不是做上述之事，就是各自用尖爪撕扯自己的胸膛，一點也不在乎綠色的雙峰暴露在大眾眼中。

「聽說她們先前是三名女神，為了爭奪一名俊美的男性天使而時常大打出手，天神看不下去，就將她們一同貶到地獄來了。」

「原來還有這種內情啊……這樣就被貶到地獄，那個天神會不會太嚴厲了？」

聽完月森的解釋，宮成茜眉頭一皺，總覺得這樣的懲罰好像太嚴重。

月森搖了搖頭道：

「茜，不能拿一般人的認知來衡量這件事。身為女神，本就需要嚴守更高規格的道德標準，畢竟她們所擁有的條件遠比人類更好，比如青春永駐。相對地，做錯事也應該得到加倍的懲罰。」

「嗯，這倒也是啦！」

宮成茜點了點頭，視線又瞟向外頭那三名復仇女神，「不過，那三個瘋女人一直這樣鬧下去，看了真讓人心煩……」

「如果茜覺得心煩，有個方法可以立即解決妳的困擾哦。」

「哦？什麼方法？說來聽聽。」

宮成茜眉頭一挑，頗感興趣地問。

「很簡單，妳只需大喊一句話，就會有人替妳解決她們了。」

月森摸著腕上的保冷袋，回應宮成茜的問題。

「大喊一句話？月森哥你就別賣關子了。」

宮成茜越聽越納悶好奇，催促著面前的月森。這時，月森走向窗前，回過頭來對宮成茜說：

「茜，請妳先閉上眼睛，或者轉過頭別看向外頭。」

「喔喔，好的。」

確定宮成茜闔上雙眼後，月森也閉上眼，引頸對著窗外大喊：

「梅杜莎快出來！把她們統統變成石頭吧！」

月森一喊完話，緊接就聽到外頭傳來三名女人的尖叫聲，很快地便又回歸寧靜。

「茜，妳可以睜開眼睛了。」

月森溫柔地說道，輕輕地拍了拍宮成茜的肩膀。

宮成茜緩緩地睜開雙眼，映入眼簾之中的景象讓她不禁驚訝地倒抽一口氣。

「她們……居然全都變成石頭了？」

「嗯，這也是天神給她們的懲罰之一。她們只要未處於石化狀態就會一直爭吵，考慮狄思城其他人的安寧，天神便讓路西法派來梅杜莎坐鎮在此。只要聽不下去她們的吵鬧，就可以直接呼喚梅杜莎出來將她們變成石頭。」

看到宮成茜的訝然神情，月森便仔細地向她解釋。

「不過，石化狀態並不會維持太久，大概三小時後就會恢復原狀。」

「原來是這麼一回事啊……」

宮成茜點了點頭。原來梅杜莎真的存在，一直以為她只是神話裡的魔物。不過，就是這樣才像地獄。

宮成茜發現，越往地獄深處前進，路西法所經營的動漫風格和商業化傾向就越低。她猜想，大概是因為越深的地獄裡罪人刑罰越重，如果發展得太過人道或商業化，就沒有懲戒他們的作用了。

宮成茜一手托著下巴，又將目光拋向窗外。雖然恐怖又喧鬧的復仇女神石化了，但她還是覺得有些煩悶。

原因無他，正是因為自從入住這棟民宿後，已經整整三天足不出戶了。

「欸，月森哥，我們什麼時候才可以離開這裡啊？」

撐著臉，宮成茜把腮幫子的肉都擠上來，一臉不耐煩地問道。

「這個問題必須問阿斯莫德吧。」

月森說著將保冷袋從腕上拆下，拿去冰箱內冷凍。這幾天他花很多時間做這樣的動作，宮成茜知道這表示月森哥和自己一樣感到煩躁，才會一直重複摸保冷袋的行為。

宮成茜沒記錯的話，當初狄思城的總管艾爾勾著阿斯莫德的肩膀，笑著說等事情安排好就帶領他們前往地獄第七層。算算天數也三天了，卻一點消息都沒有。

除此之外，艾爾還說狄思城內的居民大都具有一定危險性，為了確保他們的安危，要他們最好別擅自走出這間民宿。

雖然艾爾的話看似合理，但宮成茜總覺得，艾爾不想讓他們離開，應該還有另一個更大的主因。只是她現在毫無想法，只得繼續無奈地待在這棟山寨民宿中，像渴求自由的鳥，呆望著窗外。

此時，狄思城外的護城河有了異樣，混濁的河面上傳來駭然轟隆聲，護城河兩岸隨著巨響明顯晃動。宮成茜趕緊站起身查看到底發生什麼事。

她看見原本在護城河裡載浮載沉的無數靈魂，像受到驚嚇的魚群，全都沒入水底，好似看到什麼毒蛇猛獸即將來襲。

「到底是怎麼回事啊？」

宮成茜眨了眨眼睛，發現遠方有個張開白色翅膀的身影在水面上飛行。

「白色翅膀……是鳥人嗎？」

「茜，沒有鳥人這個種族，那傢伙是一名天使。」

月森的聲音從後頭冒了出來，宮成茜恍然大悟。

「原來是天使啊！只是天使為什麼會來到地獄裡呢？」

宮成茜看著那名天使用左手拂開面前的濃霧。月森向她解釋，天使具有相當強大的能量，就算只是揮揮手，對河裡的惡靈來說也如地震般可怕。

「越是罪孽深重的惡靈，就越害怕天使的光明能量。」

月森這般對宮成茜道。

「不過，這的確很罕見……照常理來說，天使不會出現在地獄，尤其還是這麼下層的地獄裡……」

一手托著下巴，月森眼簾低垂，思量起來。宮成茜同樣想不通，只看見遠方的天使手持擴音器，對著護城河裡的惡靈們大聲道：

「你們這些天國的遺棄者，卑劣的傢伙們，為什麼還是不知悔改？你們又何苦一直執著於惡念？好好反省自己的罪惡，早日超脫地獄吧！」

沒人敢回應，河面上一片沉靜。天使沒有多說什麼，嘆息一聲後從容離去。

在民宿高樓中的宮成茜沒有熱鬧可看，正覺得悶得發慌時，傳來了敲門聲。

「是我，快點讓本天師進去。」

外頭傳來姚崇淵的聲音。宮成茜拖著意興闌珊的腳步，前去替他開門。

「是你啊，姚天師有何貴幹？」

替姚崇淵開了門後，宮成茜雙手抱胸冷眼看著對方。

「哼，妳和那個保冷袋控待在同一個房間，孤男寡女，我是來阻止你們鬧出人命的。」

「姚崇淵，我想你是白費心了，再怎麼樣我都是幽魂，就算發生什麼也絕對不會使茜懷孕。」

月森冷冷地駁斥。

「咳！你、你果然意圖不軌！居然想對宮成茜怎樣！」

姚崇淵一聽馬上臉頰漲紅，氣呼呼地朝月森怒吼。

「好了，什麼事也沒發生好嗎？你們兩個不要一見面就吵架啦！就算是為了我吵架也不可以！」

「不知為何，我覺得妳最後那句話有點欠打啊……還真有臉說呢……」

姚崇淵瞬間露出死魚般的眼神，不過也託這句話的福，他和月森之間的唇槍舌戰暫且告個段落。

「話說回來，我想你應該沒無聊到只為這種理由而來吧？」

宮成茜雙手抱胸，當作沒聽到姚崇淵方才的話。

「啊，是有件重要的事要跟你們說。我剛剛先去找了伊利斯，跟他說好了，現在他應該正在做準備。」

「什麼準備？你到底想說什麼？」

覺得案情並不單純，宮成茜眉頭一皺。

「阿斯莫德被狄思城總管帶去招待之後，就再也沒消息了，你們不覺得奇怪嗎？」

姚崇淵挑了張椅子坐下，語氣也轉而嚴肅起來。

「這麼說來，真的滿奇怪的……」

宮成茜摸起自己的下巴，認真回想了一下。

「再說，艾爾總管用各種理由讓我們待在這裡，不覺得也很詭異嗎？」

「關於這點，我不久前也才想過。」

點了點頭，宮成茜對著姚崇淵回應。

「那麼，妳得到的結論是什麼？」

姚崇淵反問宮成茜，音調明顯降了一階。

「我的結論是——絕對有問題。尤其是艾爾總管，他一開始給我的印象就很不好。」

宮成茜毫不猶豫地說出自己的答案。

「沒錯，難得妳的見解和本天師一樣高明。」

彈指一聲，姚崇淵馬上這般回應。

「就算那個艾爾總管真有問題好了，你打算怎麼辦？該不會只是來說說自己的疑心吧？」

一旁的月森始終對姚崇淵抱著不以為然的態度，臉上是標準的冰山神情。

「哼，我當然是有備而來。本天師可不是嘴砲的男人！」

姚崇淵高抬下巴，露出趾高氣昂的神色。

「所以呢？你到底準備了什麼？」

即使姚崇淵那樣說，月森仍不改他的冰山臭臉。

「你這傢伙的態度真是令人火大……算了，本天師不跟你計較。聽好了，其實從昨天開始，我就在試探一件事。」

姚崇淵接續說：「我試著要離開這間民宿，結果發現，當初我們進來的入口大門，不知何時起已被封上水泥！」

「大門被封上水泥？艾爾那傢伙想囚禁我們嗎！」

雖然早有不好的預感，宮成茜聽了後還是吃了一驚。

「那傢伙果然打從一開始就沒安好心眼，這下阿斯莫德處境堪憂啊……」

宮成茜焦慮地咬著指甲，擔憂阿斯莫德。最壞的結果，就是阿斯莫德又像上次那樣徹底失蹤了吧！

「那麼，你該不會就這樣放棄了吧，姚崇淵？」

相較於宮成茜的緊張與不安，月森口氣平淡地問。

「你這個保冷袋控當我是什麼人？當然沒這麼容易放棄啊！」

姚崇淵怒瞪月森。

這兩人看在宮成茜眼裡，一個像火般暴躁，一個則像冰般總給人施壓。她認真懷疑，根本每一次都是月森主動挑釁吧？

「我啊，可是把這間民宿徹底搜過了，發現這間民宿以前是一座專門用來監禁狄思城人的監獄。」

「居然是監獄！」

宮成茜想起，當初他們要入住時，一位當地的老婦人勸他們別住進來，老婦人這麼說後馬上招來監工的毒打……現在想想，果然事出必有因！

「我猜，這一切很可能都是計畫好的，一場誘使我們步入陷阱的陰謀詭計。」

姚崇淵一手握拳敲在桌面上斷言道。

「我放紙鶴出去調查，帶回來的消息是，這間民宿在不久前才改建完成……不對，與其說是改建，不如說只是撤出原先被關在這裡的犯人並改變招牌而已！」

姚崇淵又道：「而且時間點就挑在我們來到狄思城前，顯然是針對我們設下的圈套！」

「艾爾總管為什麼要這麼做？把我們關在這裡，又把阿斯莫德單獨帶出去……

難道……」

不敢想像下去，但宮成茜其實猜到答案了。

「我想，答案顯而易見——艾爾總管很可能和別西卜一派有所掛勾。」

姚崇淵深吸一口氣，沉重地道出。

此話一出，現場陷入一片沉默。

縱使宮成茜不願相信姚崇淵所言，眼前的線索和事實似乎都殘酷地指向這一點。

「既然已經知道答案了……我們現在該怎麼做才好？如果一直被關在這裡，完全無法改變現狀啊！」

「所以本天師帶來了大消息啊！」

姚崇淵站起身來、拍了拍胸脯。

「瞧你一副胸有成竹的模樣，是真有什麼可靠的消息嗎？」

月森一臉平靜地詢問。

姚崇淵走向門口，壓低嗓音對宮成茜與月森說：

「有句話說，這世界上沒有絕對嚴密的監獄……套用在地獄裡，也是一樣的道理。」

「你的意思是……」

宮成茜聽出姚崇淵語帶玄機。

「我查證過了，這間迪斯奈民宿……不，是監獄，並非如我們想的那麼牢不可破。至於查證的方式，就當作是本天師的商業機密。」

姚崇淵接續道：

「往老鼠能鑽出去的地方查了一下，原來有一個出乎意外的大洞。不過說是大洞，其實大小也只是勉強可以擠出去一個人。」

「哦哦，那你快點帶我們去吧！我一刻也不想待在這裡了！」

宮成茜一聽興奮地站起身，雙手握拳催促著對方。

「等等，妳不先打包行李嗎？」

「好吧，那你們稍等我一下……至少要把這些甜點餅乾和咖啡沖泡包帶走！」

一邊說，宮成茜一邊迅速展開打包動作。

「真不懂女人……甜點有那麼重要嗎……」

姚崇淵露出死魚般的眼神，看向忙著收拾的某位女性身影。

「我就說你還太年輕了，姚崇淵。」

「什麼啦！你才別一副倚老賣老的模樣好嗎！」

姚崇淵沒好氣地瞪向月森。

宮成茜將東西收好後，揹起行李，對著姚崇淵豎起了一隻大拇指：

「走吧！現在就出發！」

「這種清爽的笑容和動作到底是怎麼回事……算了，你們現在小聲行動跟我走吧。」

在姚崇淵的帶領下，宮成茜和月森跟在他之後悄然離開房間，展開行動。姚崇淵向他們說明，民宿裡頭的女僕和管家，全是用來監視他們的眼線。因此，他們必須盡可能躲避那些人，偷偷摸摸地進行。

在民宿內部穿梭，宮成茜發現這裡比想像中更加錯綜複雜，或許是為了防止犯人逃脫才如此設計，她也確實從其他跡象看出以前的監獄面貌。比如民宿裡頭的房間大都門扉緊掩，其中一、兩扇敞開的房門則能瞥見裡頭奇怪的刑具——鐵鍊、生鏽的手銬，散落在房內的角落。

空氣中，瀰漫著一股難以言喻的霉味，經過某幾間房時甚至還能聞到濃重的鐵鏽味……宮成茜比較傾向將那股味道定位為血腥味。她的腦海裡浮現各種慘不忍睹的凌虐畫面，越想越讓人膽寒。

還是別想了吧，專心潛逃。

話說回來，打從自己來到地獄後，感覺一直都在逃命啊……

這和一開始寫作地獄遊記輕小說的目的，大大地不同了吧！

三人小心謹慎地躲過民宿內其他人的視線，終於抵達姚崇淵所說的漏洞之處。

眼看四下無人，宮成茜小聲地問：

「姚崇淵，你說伊利斯去哪了？」

「他應該是照我說的，待在這裡等我們來才對啊……」

姚崇淵搔了搔臉頰，四周都不見伊利斯的身影。

「會不會是伊利斯遇到什麼危險了？」

身體不由得緊繃起來，宮成茜擔心地問。

「茜，妳先別緊張，伊利斯好歹是二級惡魔，至少在民宿內，應當沒有人能與之匹敵。」

月森馬上安撫道。

「但願如此……」

宮成茜覺得自己在地獄生活一陣子後變得比較容易焦躁，大概和不斷奔波的遭遇有關吧。

「現在快點逃離這裡吧，你們跟著我行動。」

姚崇淵彎下腰，鑽入一個以裸女海報遮蓋的洞中。

宮成茜看得出那張海報只是為了掩人耳目，不讓民宿內其他員工發現這個洞口。只是這個洞口還真……不大啊！

瞧姚崇淵這麼小個子鑽進去都有點吃力，更不曉得地道通往何處，宮成茜心中多少有些抗拒與忐忑。

「茜，妳先走，我墊後。後頭似乎傳來其他人的腳步聲了……快。」

月森壓低嗓音催促著宮成茜，同時推了她一把。

沒時間猶豫了，她深吸一口氣後鑽入洞中。月森也隨之跟上，只是比起宮成茜和姚崇淵，身材較為高大的月森相對下費力許多。

鑽入洞中後，宮成茜發現這是一條幽暗狹窄的地道，僅能趴著匍匐前進！

姚崇淵一邊往前爬行，一邊道：

「那個洞口原本更狹小，我拜託伊利斯幫忙將洞口鑿大一點，只是他鑿完後不知到底去哪裡了……」

「先別擔心伊利斯，反正那惡魔有很強的自癒力。姚崇淵，你倒是說看看這條地道會通往何處？」

月森顯然不在乎伊利斯的去向。對他而言，宮成茜與自己的現況才是最重要的。

「還真是冷血啊，你這個保冷袋控才是真惡魔吧……這條地道應該是以前被關在這裡的犯人所挖的，究竟年代有多久遠，我並不曉得。至於能通往何處，我同樣沒有答案。」

「這樣你還膽敢讓茜冒險吃這種苦？」

秉持著宮成茜至上的原則，月森一邊爬行一邊訓斥姚崇淵。

「你以為我願意啊！」姚崇淵立刻不滿地回應。

「好了，你們統統給我保留體力繼續爬！」

實在受不了這兩人，在這樣艱難的處境下還能吵架。

地道內通風不佳，潮濕且陰森，空氣中都是令人作嘔的霉味……以及疑似死老鼠的屍臭。宮成茜努力壓抑想吐的反胃感，她絕對要將這段經歷寫進小說之中，實在太可怕了！

地道裡唯一的光源，是姚崇淵咬在嘴上的手電筒，由他探照前面的路況。緊跟在後的宮成茜和月森無法做更多的判斷，只能相信帶路的姚崇淵。

宮成茜長這麼大，從未如此狼狽，但為了要活命，她也只能咬著牙前進。想了想，來到地獄後她過去囂狂的氣焰似乎被磨平不少，勉強算是好事吧……

不知道爬行了多久，即使穿著長袖，宮成茜的手肘部分還是磨破了皮，更有各種髒汙泥濘黏附在身上……如果是以前愛漂亮的自己，早想一死了之。

就在宮成茜幾乎想放棄時，前頭的姚崇淵大喊：「看到了！看到光線了！」

宮成茜一聽，頓時倍感激勵，加快速度往前爬行。過了沒多久，便隨著姚崇淵一起爬出地道，重新站上外頭的土地。

然而，眼前所看到的景象讓她始料未及。

宮成茜愣在原地，渾身泥濘地站在洞口前被冷風吹襲著。

「好大一片墳場啊……」

月森站在宮成茜的身後，身上同樣狼狽。

他們眼前是一大片寬闊的墳場，墳塚林立。乍看之下和人世的墳場沒什麼兩樣，不同的是墳墓裡的棺材被放到一旁，棺材之中燃燒著熊熊烈焰，裡頭更傳出令人聞之膽寒的悲慘哭泣聲。

「這些人……應該不會妨礙到我們吧？」

宮成茜有些緊張地問，一邊開始清理身上的髒汙。雖然每清理一處就會露出噁心的神情，但總比完全放著不整理好多了。

「這裡……是人世那些利用宗教手法誆騙世人、斂財斂色的神棍埋葬之處。」

月森一邊回應宮成茜的問題，一邊體貼地替宮成茜清除她身上的髒汙，「每個墳墓裡葬著的罪人不只一名，地獄裡沒有那麼多空間和棺材，所以是採合葬的方式。每個墳墓的火焰灼燒熱度也隨著生前罪孽多寡而有高低之分。」

聽完月森的說明，宮成茜認真觀察了一下那些棺材。真如月森所言，有些墳墓的棺材燒得通紅！

難以想像，被關在裡頭、持續被灼燒著的罪人，該有多痛苦……不過，這些人也沒什麼好同情的，他們生前欺騙的那些受害者，說不定過著比地獄裡還苦的日子。

「跟緊一點，現在我們得先離開這裡。雖然他們都被關在棺材中，不太會影響到我們，但小心為上。」

姚崇淵不知何時已整理好衣著，召喚紙鶴，一如既往讓紙鶴先行探路。

在這種情況下，宮成茜別無選擇，只能小心地尾隨姚崇淵，隨時做好拿出法杖應戰的心理準備。

在陰森森又哀鴻遍野的墳場中，三人在高聳墳牆之間慢慢穿梭。宮成茜不免揣測，不知道在這裡會不會看見曾經在新聞上看過的面孔？不過他們都被關在棺內，應該是不會見到。

這座墳場比宮成茜想像中還要遼闊，但地處偏僻，一路上除了他們以外別無人跡。這點讓宮成茜比較放心，她現在能避免戰鬥就盡量避免，必須保存力氣……方才為了爬出地道，已耗費了不少精力。

另一方面，她仍掛心著不知去向的阿斯莫德和伊利斯，但比起前者，她覺得後者應該比較安全，至少不是別西卜主要鎖定的對象。

姚崇淵的紙鶴會不時向主人回報前方狀況，一路上除了要閃避各種墳塚和滾燙的棺材外，似乎也別無危險。

不知不覺，他們來到一個像是通往更深處的入口，只是從他們所站的位置來看，那是相當難以行走、傾斜近乎九十度的陡峭岩石斜坡。

「要繼續往下走嗎？」

宮成茜嚥下一口口水，問向姚崇淵。

「紙鶴回報那條路非常不好走，況且天色即將變暗，我想保險起見還是先別輕易前進。」

姚崇淵轉過身來，向宮成茜與月森雙手一攤，無奈地搖了搖頭。

「這樣也好，我們還得先找到阿斯莫德和伊利斯……」

眼簾低垂，宮成茜腦海裡浮現那兩人的身影，「不過，我們現在該何去何從？總不能在墳場裡紮營吧？況且沒有設備……」

「這還不簡單？學木瓜之城躲進棺材裡，還可以兩人合睡你儂我儂哦！」

「你儂我儂的頭啦！小臘腸狗你正經點！虧你在這種情況下還能開玩笑耶。」

好氣又好笑地翻了個白眼，宮成茜覺得姚崇淵少根筋的模樣倒也挺有趣的，至少能夠舒緩緊張感。

「如果不嫌棄的話……可以住在我家……」

「嚇啊！」

一道森冷聲音突然從背後冒出來，頓時讓宮成茜嚇了一大跳，身體馬上反射性地彈開。

「妳妳妳……妳是誰啊！」

宮成茜手指顫抖地指著不知何時出現的身影。姚崇淵和月森則立即站在宮成茜面前保護她。

「我只是一個微不足道的老婦人……」沙啞的年邁嗓音回應宮成茜的問題。

「妳是……我想起來了！妳是之前在狄思城的那位——」

乍看有些眼熟，宮成茜仔細一看便猛然想起，這就是要他們別入住民宿的老婦。

相較於宮成茜的激動，老婦人突如其來地拋出一句：

「有個人……想見見妳……」

第二章

露天洗澡絕對是個錯

Tuning Demon Project

隨著老婦人來到位於墳場外圍的茅草屋，這還是宮成茜第一次見到如此簡陋的房子。老婦人告訴她，她在狄思城內沒有辦法擁有自己的落腳處，只能到地價最便宜、無人願意居住的墳場外圍，潦草地搭建起這間平房。

看老婦人對他們似乎沒有惡意，再加上宮成茜很好奇究竟是誰想見她，便決定跟老婦人走一趟。倘若能順便解決今晚住宿的問題，確實是一箭雙鵰。

「屋內光線較暗，東西也較雜亂……請注意步伐，別被絆倒了。」

老婦人停在自家茅草屋門前，轉過身提醒跟在後頭的三人。

「我們會注意的，謝謝妳啊，沈老太太。」

宮成茜禮貌地道謝。他們不曉得老婦人的名字，只知道姓氏。

沈老太太點了點頭，推開灰暗斑駁的門扉，緩緩地走了進去。

宮成茜尾隨進入，想到即將見到指名找自己的人，她整顆心都懸了起來，有些好奇又有些緊張。

「成茜，幸好妳安然無事。」

一進門就聽到熟悉的聲音傳來，宮成茜愣了一下。

「伊利斯？你怎麼會在這裡！」

「說來話長……」

伊利斯坐在老舊的木製茶桌前，翹著二郎腿，一副愜意悠哉的模樣。

「你這傢伙還真是從容自在！你知道宮成茜有多擔心你嗎！」

見伊利斯太過輕鬆自若，姚崇淵劈頭就罵。

「哦？沒想到成茜如此擔心我，真是讓我受寵若驚。成茜，我就知道妳心裡一直有我，也不枉費我請沈老太太幫我傳話找人。」

一陣欣喜之情明顯地浮現於臉上，伊利斯頗感欣慰地道。

「姚崇淵，你真不應該說剛才那句話的，這下讓伊利斯得意自滿起來了……就說你還太嫩，什麼都不懂。」

月森冷冷地吐槽一旁的姚崇淵，搖搖頭。

「啥啊？這樣也怪我！」

「你們不要一開口就吵架好嗎！人沒事就好，況且好不容易團聚，有必要糾結那種小事嗎？」

雖然「不要為了我吵架」這種話講起來很過癮，但人都在地獄裡了，宮成茜還是覺得老實一點好。

眾人在沈老太太的家中暫且安頓下來，伊利斯向眾人說明來龍去脈。

他當初答應姚崇淵的請求，前往民宿逃脫用的那處洞口進行挖鑿。原先洞口還不能讓一個人勉強通過，正是伊利斯的協助才得以使眾人順利逃脫。

只是挖鑿的期間，民宿內的員工似乎發現了他。為避免東窗事發，也為了確保宮成茜等人逃脫過程能少點阻礙，伊利斯便先鑽入洞中，一路來到這座位於狄思城外圍的墳場。

「來到墳場後，我想等你們前來再一起行動。於是就借住這位沈老太太的房子，並請她去找你們。」

伊利斯將事情的經過告知宮成茜等人。宮成茜雖然感激伊利斯的付出，卻也忍不住念了他一下：「伊利斯，你應該沒有強人所難吧？對老人家要有禮貌啊！」

「成茜，妳真是誤會我了，我只是詢問她能否幫忙，沈老太太就很爽快地答應了啊。」

伊利斯回答的同時，宮成茜目光瞥見躲在一旁角落的沈老太太，只見她以驚恐畏懼的眼神看向伊利斯……

宮成茜差點忘了，伊利斯那張渾然天成、充滿壓迫感的臉孔，的確可以讓老太太馬上答應呢……

「話說回來，你們應該知道阿斯莫德被艾爾那傢伙帶走的事吧？」

話鋒一轉，伊利斯的本就沉重的臉色又多了幾分嚴肅。

「我們早就推敲出來了，用不著你說。」

姚崇淵雙手抱胸坐在椅子上，仍一副氣呼呼的模樣，似乎還對自己說錯話讓伊利斯得了便宜這件事無法消氣。

「你們不用擔心——阿斯莫德前天跟我聯絡上了，他早知道艾爾那傢伙隸屬別西卜派，因此早有提防。」

伊利斯說明著。

宮成茜回想起當時阿斯莫德和艾爾總管稱兄道弟的模樣……真是可怕的男人，明知對方是自己的敵人，還能偽裝得如此徹底，真不愧是惡魔啊。

「那麼，阿斯莫德的現況如何？」宮成茜追問道。

「他留訊息表示他已將艾爾那傢伙處理妥當，只是還有些工作要進行，說是會回來跟我們團聚……不過究竟何時回來，我就不清楚了。」

聳了聳肩，伊利斯這般答覆。

「是嗎……好吧，我們還是先進行本來的工作吧！既然那個紅髮惡魔大叔現階段沒什麼危險，也就不用管他了！」

宮成茜其實很不想承認自己一直心掛阿斯莫德，明明彼此沒有什麼關係……或許是因為之前阿斯莫德拚了命也要讓自己逃走，使她像是中了那傢伙的毒，何時、何處都將那人的身影擺在首位。

病了……

自己絕對是病了。

「那麼今晚就在此落腳吧。對了，沈老太太這裡有衛浴設備，你們趕快去洗洗吧。」

伊利斯擅自催促道，顯然把這裡當成自己的地盤，完全沒打算先過問站在後頭的沈老太太。

「各位……要洗澡的話往這邊……」沈老太太示意眾人，隨即走向門口。

宮成茜見此，心中浮上不祥的預感。

「喔，對了……」

沈老太太像是突然想到什麼，踟躕了一會才緩緩吐出接下來這句話：

「這附近都是墳墓，我這把年紀也沒什麼好遮掩的……所以，浴室完全沒有遮蔽……」

「妳說什麼！」

晴天霹靂！宮成茜心知這下慘了！

她的預感很快就得到驗證——一旁的三名男性立刻對她投以不懷好意的銳利目光！

「洗個澡如此簡陋就算了……為什麼還得擔心被偷看啊！」

宮成茜忍不住抱怨。

這間浴室……嚴格說起來根本不算一個空間，只是將衛浴設備放在此處，四周沒有牆壁，更無屋頂，只有大約一人高的稀疏樹叢勉強能遮蔽。

不過宮成茜已經不奢求有多完善的浴室，只要能好好沖洗這身又臭又髒的泥汙就好。

洗澡水熱氣蒸騰，裊裊白煙襯得墳場更加陰暗詭異。不過宮成茜只想速戰速決，她可不想在這種情況下洗得多仔細。

至於她最在意的偷窺部分……那三人似乎達成某種協議，只要有一人想偷看，另外二人就會馬上阻止，互相牽制。

「希望他們真能這樣牽制下去，直到我洗完……」

一邊搓著背，宮成茜一邊喃喃自語。

就算是以前被編輯催稿、截稿死線迫在眉睫時，也沒洗得如此快速。宮成茜膽顫心驚地洗完澡，換上沈老太太貼心提供的乾淨衣服。

真是人在落魄時什麼都不挑了，想當初在人世的自己，怎麼可能願意穿上如此粗糙又過時的服裝呢？

「地獄，真是催人老唷……」

發出一聲感嘆，宮成茜抱著換下的髒衣物準備走回茅草屋。和目的地僅有一小段距離，卻萬萬沒想到竟在此遭到埋伏——

「嘿，逮到妳了。」

設下埋伏之人，正是看上去總有些稚氣、此刻咧嘴露出笑容的姚崇淵。

「你、你怎會出現在這裡！你們不是互相牽制住了嗎！」

宮成茜吃驚地抱緊懷裡的衣服，指著姚崇淵驚呼。

「妳覺得本天師有這麼容易被限制住嗎？真是太可笑了。」

聳了聳肩，姚崇淵一副不屑的表情。

「那你是如何逃脫的？他們應該不可能輕易放你出來吧？」

宮成茜眉頭一皺，知道案情不單純。

姚崇淵賊賊地笑了笑，一手得意地刮了刮自己的臉頰：「妳應該沒忘了我的本行吧？使用一點小法術蒙騙那兩人不是什麼難事。我啊，用草人化作我的樣子，讓他們以為我還待在那裡。」

「你這個詐騙天師！」

宮成茜一聽馬上指著對方鼻頭大罵。

「什麼詐騙天師，別說得那麼難聽好嗎？」

挖了挖耳朵，姚崇淵對宮成茜的話很不以為然。

「你用法術使詐來到這裡，是為了偷看我洗澡對吧？哼哼，想得美，老娘早已洗好了！」

雙手扠腰、豪邁地挺起胸膛，宮成茜對著姚崇淵這般宣告。

「哈，妳真是天真呢，偷看洗澡這種小男孩才會做的事情，本天師才不屑做呢！」

「是嗎？我記得第一次遇到你時，你不就是打算偷看天體營裡的人嗎……」

漂亮地反擊姚崇淵，宮成茜的攻擊得一分。

「咳！往事就別提了！倒是妳，還真是一點危機意識都沒有吶……」

姚崇淵說著，目光上下打量宮成茜。

「什麼危機意識？我都洗好澡了還有什麼好怕。」

宮成茜心想自己穿得像老太婆，姚崇淵想怎麼看就怎麼看吧。

「呵，妳的確該怕，因為啊……」

姚崇淵突然一把抓住宮成茜的手，將她往旁邊樹叢拖去。

「放開我！」

宮成茜大吃一驚，使力想從姚崇淵的手掌心下掙脫，可是姚崇淵的力氣比她預期的更大，還沒反應過來，就已被對方壓倒在草地上。

「你在幹什麼！」

宮成茜話還沒說完，對方就強硬地摀住她的嘴。

「噓。」

一聲輕噓，示意宮成茜不要出聲，但她掙扎不休，頻頻發出嗚嗚聲。姚崇淵似乎沒辦法，貼到她耳旁低聲說：「狄思城的監工在附近。」

宮成茜倒抽一口氣。狄思城的監工怎麼會來到這麼偏僻的地方？是恰巧巡邏至此？

或許，是他們從民宿逃走的事情曝光，民宿那邊動用監工來找他們也說不定。

好吧，這樣她能夠理解姚崇淵把她拖到一旁樹叢的舉止……可是她無法理解，為何姚崇淵的手放在自己的大腿上。

不過是要掩人耳目，有必要摸她的大腿嗎？

宮成茜試著稍稍移動身子，好讓對方的手從自己腿上移開，只是她一動，姚崇淵壓住她的力氣就隨之加大，顯然就是要她不許動彈。

雖然心生不滿，但以她的角度看不到監工在哪裡，更不曉得對方是否離開。在這種情況下，也只得耐住性子維持現狀。

但是……為何姚崇淵的手開始在自己大腿上游移？

「喂，姚崇淵……」

忍不住想警告姚崇淵，但對方一聽到她的聲音後，摀在她嘴上的手馬上壓得更緊。

姚崇淵沒有說話，也沒有給予任何回應，宮成茜只得眼睜睜看著他的手在自己大腿上撫摸，掌心慢慢下滑至光裸的小腿，輕輕地又捏又按。

小腿被這樣按摩著，意外地有一種放鬆舒壓的感覺。但沒過多久，姚崇淵的手卻往上攀升，像小偷般偷偷潛入她的裙襬之內，掌心撫上了宮成茜的大腿內側。

好似有股莫名的電流竄上身子，宮成茜頓時覺得不太對勁，想要推開對方，姚崇淵卻刻意使力捏了她的大腿肉，讓宮成茜痛得鬆開手。

「別動，敵人還沒走……」

既是警告，又是威脅，姚崇淵沒有低下頭來看向宮成茜，而是望著外頭低聲道。

宮成茜咬緊牙關。難道自己就要這麼任姚崇淵擺布嗎？這傢伙根本擺明要吃自己豆腐！

只是此時若貿然起身，或與姚崇淵發生爭執，真被監工發現就不妙了。

可惡，宮成茜越想越火！

面對進退兩難的局面，她雖然滿腔憤怒，卻也只能繼續吞忍。她感覺姚崇淵的手若有似無地輕撫自己大腿，內側肌膚柔軟且敏感，宮成茜頓覺有些搔癢難耐、雙眉微蹙。

神情沒有任何變化，姚崇淵的手卻開始緩緩來到女性禁忌森林的外圍，輕挑又從容地打轉徘徊。

趁著姚崇淵摀住自己嘴巴的手鬆開，宮成茜馬上出聲制止：「姚崇淵你別太過分！」

她又羞又怒地夾緊大腿，卻恰好夾住了姚崇淵的手。

「哎呀，妳這壞女人……這麼想要本天師嗎？」

姚崇淵終於低下頭來望向宮成茜，用充滿危險的口吻開口。

「你是喝符水喝到中毒是不是？我怎麼可能是那種意思！」

氣憤歸氣憤，宮成茜仍得把音量壓得小小的。

「不是這種意思？」

姚崇淵用力將手抽出，伸出食指，輕輕地在宮成茜大腿內側中畫了個圈。

「唔！」

忍不住發出一點呻吟聲，像不小心洩漏出的祕密，宮成茜趕緊用雙手摀住嘴巴。

「才這麼一點刺激就發出聲音……妳這不誠實的女人，還說不渴望我嗎？妳啊，任何一點反應都逃不過本天師的法眼。」

姚崇淵嘴角微微上揚，一會兒看著宮成茜，一會兒又將目光瞥向外頭，維持警戒的狀態。宮成茜看得出來，姚崇淵似乎對於這種刺激感樂在其中。

「不許你這樣說我！」

宮成茜恨恨地瞪著姚崇淵，不過對方這時早已移開視線觀察四周。宮成茜心知，只要還未確認監工究竟是否仍在附近，她便只能繼續受控於這該死的姚崇淵。

姚崇淵這時再度低下頭，那副又壞卻又帶點帥氣的笑容，仍掛在嘴角：

「噓……妳想被發現嗎？不想的話，就乖乖地當我的女人吧。」

「鬼才要當你的女人！」

雖說不能大聲喊叫，可是宮成茜心中的怒氣值都快破表了，只想拿起法杖直接朝姚崇淵放射破壞死光。

姚崇淵再度一手壓住她的嘴，將臉逼近她，壓低嗓音威嚇：「這麼大聲是想找死嗎？就這麼想急著當鬼？」

宮成茜憤怒地發出嗚嗚聲回應，殊不知自己的反抗，只會更加激起姚崇淵的壞心眼。

「妳啊……這麼不乖，是該給妳這壞女孩一點懲罰了。」

從姚崇淵口中吐出的字字句句，皆充滿危險的意味。宮成茜聽了這句話，腦海中的警鐘大聲作響。

「本來沒打算玩得那麼徹底……不過，現在本天師非得處罰妳不可。」

姚崇淵嘴角挑起一笑，陰森中帶點玩味和壞心眼。

「要嘛，妳就現在大聲呼救，或許月森他們會趕過來救妳……不過前提是我們沒先被監工抓走。要嘛，妳就乖乖讓本天師懲罰妳這折磨人的小惡魔。」

宮成茜真想吐槽。這個大男人怎麼會說出這種臺詞？難不成是言情小說看太多了嗎？啊，現在不是鑽研這個問題的時候……自己即將面臨貞操危機啊啊啊！

「好了……若妳不打算選擇後者，就讓我好好盡興一番吧……宮、成、茜。」

姚崇淵低下頭來，溫熱的吐息曖昧地打在宮成茜的耳邊。同時，他的手重新展開攻勢，在宮成茜的大腿內側摩挲。

「唔……」

一種心癢難耐的感覺，如螞蟻囓咬，一點一點地咬得她胸口發燙，臉頰也熱了起來。

這個該死的姚崇淵……明明看起來像個乳臭未乾的臭小子，怎麼這方面的技巧如此純熟……越想越不甘願，可是宮成茜也心知一旦抗拒便是死路一條。

此時，姚崇淵的手突然收了回去。宮成茜有些訝異地看著對方。

不可能就這樣收手吧？

才剛放了一把火，不可能這麼快就要熄滅吧？

不對不對，這種說法好像顯得自己很期待一樣！不可以，絕對不可以有這樣的想法啊，宮成茜！

「吶……」

姚崇淵將鼻尖湊到宮成茜的臉前，一手雖然抽回，另一手仍持續壓住她。

「如果讓監工們看到妳這副淫亂的模樣……會如何呢？」

宮成茜驚駭地倒抽一口氣！

「你開什麼玩笑！」

宮成茜恨恨地瞪了姚崇淵一眼，一股被羞辱的怒火直衝腦門。姚崇淵真敢對她這麼做的話，她發誓絕對不掛念同伴之情，絕對要殺了這混蛋！

「哎呀呀，瞧瞧妳，這麼凶。不過本天師也不是吃素的。」

姚崇淵湊到宮成茜的耳旁低聲道：「妳放心吧，我才沒有這麼慷慨，讓別人一起欣賞呢。」

話音一落，姚崇淵便低下頭來，雙唇輕啄宮成茜的頸側，彷若間歇的雨滴。

宮成茜扭動著身子，試圖閃躲姚崇淵的親吻，只是她越閃避，對方落在自己頸上的吻就越多，漸漸如滂沱大雨般密集且急促。

「放開我……！」

她努力地想要推開對方，但擔憂是否有監工在附近徘徊，又不敢動作太大。

「絕對不會放開……我一定要得到妳，宮成茜！」

姚崇淵的唇來到宮成茜的胸前，呼吸聲越來越重，他像是失去理智的脫韁野馬，再也拉不回來。

就在姚崇淵即將扯開宮成茜胸前的鈕釦之際，一道冷冽的聲音赫然出現在他的背後。

「你究竟在對茜做什麼……姚崇淵？」

這聲音對宮成茜來說同樣無比熟悉。她趁著姚崇淵分神之際一把推開他，連忙起身跑到方才出聲之人身旁。

「月森！你怎麼過來了？不怕被監工發現嗎？」

宮成茜略顯慌張地跑到月森背後，拉住對方的手，緊張地問。儘管月森還未問清楚整件事情的來龍去脈，但見宮成茜一臉倉皇、衣衫不整，大概就知道發生了什麼事。

月森一把將宮成茜攬入懷裡，一手放在她的腰上，猶如要給她一個最牢靠的支持。

「茜，妳放心，有我在，誰都不許傷到妳半根寒毛。」

「哼，就只會說漂亮話……」

姚崇淵爬起身來，拍了拍身上的樹葉和枯草，冷冷地看向月森。

「你這傢伙……又再次冒犯了茜對嗎？」

月森站在姚崇淵面前，眼神與口吻散發出強烈的殺氣，以及一股強壓的惱怒。

「什麼冒犯……我只是做了你們都想做的事罷了，別把自己抬舉得太高。」

姚崇淵聳聳肩，語氣自若，一點也不像差點犯下暴行的人。

「姚崇淵！你別太超過了！」月森轉頭對宮成茜道：「茜，絕對不能再把這種人留在身邊！」

「可是……」

宮成茜一時間還真不知該如何回應月森的話，雖然事情的確如月森所說，姚崇淵已經不是第一次想對她下手。

「反正你們想怎麼處理就怎麼處理吧……本天師既然失敗了，就甘願受罰。」

將雙手伸了出來，姚崇淵一副彷彿等著上銬的姿勢。

月森看了身旁的宮成茜一眼，似乎在向她尋求答案。宮成茜沉默了一會，再深吸一口氣。

「先將姚崇淵帶回去——禁閉一天吧。」

其實，宮成茜並不曉得什麼才是最好的答案。

面對像姚崇淵這樣的行為，她確實會擔心，況且還是第二次犯下此種罪行，無疑需要懲處。

只是……不知何時開始，宮成茜變得不再像以前的自己那樣冷酷無情。或許是在地獄裡行進的這段期間，和身邊這群人培養出了革命情誼吧。

況且，姚崇淵起初也非真想對她做什麼，大概是後來被她刺激，一時血氣方剛吧……不過說到底，這裡究竟有沒有監工在巡邏啊？

「月森哥，你剛來的路上有看到狄思城監工嗎？」

宮成茜詢問月森。

「嗯，我沒有親眼見到……不過，確實有一些不屬於你們兩人的氣息。」

「是嗎……我明白了。」

眼簾低垂，思索了一會後，宮成茜邁開步伐對著月森道：

「走吧，將這傢伙帶回去處置。」

第三章

天師的懲罰

Tuning Demon Project

黑壓壓的門扉，擋住所有來自外頭的光線……

姚崇淵被關在狹窄得只容下一人的倉庫內，已經待了半天。

這就是宮成茜給他的處置。

伸手不見五指的空間裡，姚崇淵不發一語地靜默坐著。雖然他沒有密室恐懼症，但這裡悶得發慌又見不到光，的確宛如酷刑。

本以為能夠平靜面對，姚崇淵沒想到自己仍會感到忐忑。

原因正是宮成茜。

隔著這扇門，他聽不太清楚外頭的動靜。他猜想宮成茜他們該不會真丟下自己，往地獄第七層前去。

第七層是比第六層更加可怕危險的地方，姚崇淵可不認為少了自己的隊伍會安全到哪去。

沒錯，他就是掛心著宮成茜的安危。

如果這樣的想法被其他人知道，一定會嘲笑他吧？

他可以想像，月森用冷冷的表情說：一個對茜出手的頭號危險分子居然還擔心目標安危？別笑掉大牙了。

說來的確可笑，可他也無法抑制自己的牽掛。

他明明……比誰都還想要好好地保護那個女人……

除此之外，他還有另一個煩惱。

那就是——

他害怕被宮成茜丟下。

「真可笑啊，姚崇淵……你一直以來害怕的……即使到了地獄還是一樣呢……哈哈……」

乾笑著，喉嚨發出來的聲音有些沙啞，姚崇淵也好段時間沒進水了。

說到底，他仍和來到地獄前的自己沒有什麼兩樣。

原以為經歷過這些冒險，能夠有所成長……不光只是身高和外表，心靈上的成長才是他最渴求的。

在天上的老爹……你是否看著我搖頭嘆息呢？

姚崇淵垂下頭來，背影比這間倉庫裡的昏暗更加幽漆。

「叩叩。」

清脆的敲門聲起，對方沒等姚崇淵回應，自行開門走進來。

姚崇淵沒有抬頭查看，只有低聲咕噥著：「你是來嘲笑我的吧？嘲笑我也有這一天……」

「如果我真的那麼無聊，就不會等半天才來嘲笑你。」

出聲之人俯視著姚崇淵，正是受害者宮成茜。她將門扉輕掩，走近坐在地上、一副頹廢模樣的目標。

「是妳啊……哼，還敢把門關上，不怕我對妳做出一樣的事嗎？」

姚崇淵抬起眼，映入眼簾的宮成茜態度自若，肢體動作放鬆，似乎沒有他預期中的警戒與防衛。

宮成茜來探望自己，他感到既意外又驚喜……不，是既緊張又期待，可是說出口的話卻總是倔強無比。

為什麼，他就不能好好把話說得溫婉點呢？

姚崇淵啊姚崇淵，你就是這樣才吃虧的。

「還是老話一句，我怕的話就不會來見你了。姚崇淵，你打起精神好好面對我！」

宮成茜鏗鏘有力地對著姚崇淵喊話。

大概是沒想到宮成茜有這樣的音量和氣勢，姚崇淵暗暗吃了一驚，反射性地照著宮成茜的意思，挺直腰桿面對她。

「很好，就算是做錯事，面對你的受害人，也該好好挺起胸膛、正正經經地道歉吧！」

雙手抱胸，宮成茜注視著姚崇淵厲聲說道。

姚崇淵心中一震。

對啊，自己的確還欠對方一句道歉。

儘管他一向心高氣傲，但確實該為之前冒犯的行為，給予宮成茜一個真心的道歉。

姚崇淵深吸一口氣。雖然很想閃避宮成茜的視線，可是腦海裡有個聲音告訴自己，要勇於面對自己的錯誤。

「……真的很抱歉，我不該做出那種傷害妳的事。」

姚崇淵簡短的一句話，一字一字宛如千鈞。他的心懸得高高的，好像放在一座高塔上，隨時都有墜落碎裂的可能。

看著面前的宮成茜，姚崇淵忐忑不安地等待對方回應。

宮成茜沉默不語，清澈的雙眼直直地看著姚崇淵。姚崇淵等待的每一秒都像一年般無比漫長。

什麼都好，拜託對他說些什麼，拒絕也好，責罵也好，別讓他等得如此心急如焚、坐立難安啊！

「你的道歉……」

宮成茜終於開了口。姚崇淵也更為緊張地盯著她。

「我就姑且收下了。」

宮成茜嘴上雖這樣說，但臉上的神情比剛進門時還要柔和了。

姚崇淵不是很明白對方到底有沒有真的接受，也未如自己期望地聽到原諒的字眼……不過，他應該可以稍稍放心一點了吧？

「姚崇淵，我們來談談吧。」

宮成茜突然這麼說時，姚崇淵訝異地看著她。

「妳想跟我談什麼？」

眨了眨眼睛，姚崇淵反問回去。

「我想和你談談……約法三章。」

「啊？」

顯然，姚崇淵從宮成茜口中聽到這句話很驚訝，呈現在臉上的表情更誇張了。

「我是認真的啦！別一副很吃驚的樣子好嗎？」

噘起嘴來，宮成茜似乎對姚崇淵的反應有些難為情。

「好吧，妳說說看要怎麼約法三章。」姚崇淵聳了聳肩。

「首先，不許你以後再對我毛手毛腳。」

「噗！我以為妳要說些什麼，原來是這個啊！」

姚崇淵忍不住笑出聲來。

「不要笑！這可是很嚴肅的話題耶！」

宮成茜兩頰鼓起，生氣地對著姚崇淵道。

「好好好，我答應妳，以後盡量不對妳毛手毛腳。」

「什麼叫做盡量？不是絕對不會嗎！」

宮成茜聽了姚崇淵的話後，張大眼睛。

「妳要知道，我可是隨時隨地——隨時隨地都想對妳——」

「夠了，我不想聽。你這個精蟲上腦的傢伙，我就是要你答應我，除非經過我的允許，否則不許隨意碰觸我。」

嚴厲地對著姚崇淵道，宮成茜曉得若不這般嚴厲，這傢伙是不會答應的。

姚崇淵見宮成茜如此堅持，而自己也的確有錯在先，在內心掙扎了一會後便道：「好吧，我答應妳，今後未經妳的同意前，不會擅自觸碰妳。」

「很好，這就是我要的答案。」

宮成茜點點頭，閉上雙眼、頗為滿意地回應。

「那麼還有別的事嗎？應該不會就這樣放我出去吧？」

姚崇淵換了個姿勢，以比較放鬆的姿態坐著。

大概是和宮成茜好好道了歉的緣故，心裡多少舒坦點，身體同樣也感到比較輕鬆。

「我想知道，你說要成為我的伙伴，一直堅持待在我身邊的理由。」

宮成茜的語調刻意壓低，突顯出她對這個問題有多看重。

「理由嗎……這跟妳有什麼關係？我可以說這是個人隱私不願作答嗎？」

聽了宮成茜的提問後，姚崇淵語氣和神情隨之一變，再度回到一開始戒備如刺蝟的模樣。

宮成茜見他的反應，就知道這個問題果然踩到對方的底線，可是她因此更想要了解。

「如果你不願作答，那麼我也有權不讓你繼續跟著我們，難道不是嗎？」

宮成茜直接使出必殺技，對著姚崇淵開門見山地道。

「還真是狡詐啊……就這麼想要知道答案？」

搖了搖頭，姚崇淵有時還真佩服宮成茜那打破砂鍋問到底的精神……不，與其說佩服，不如說是折服了吧。

「廢話，我當然想知道答案啊！我可是身處地獄，沒有那個時間跟你耗！能早一秒離開就早一秒離開這裡最好！」

宮成茜雙手扠腰，大聲地回應。

「還真有妳的風格啊……」

姚崇淵嘆了一口氣，他一手搔了搔後腦勺，「既然妳都這麼求本天師了，我就大發慈悲地告訴妳吧……我跟隨著妳的理由。」

一聽到姚崇淵答應了，宮成茜馬上露出欣喜之情。姚崇淵將這副神情看在眼裡，忍不住輕笑一下，只是轉瞬即逝，並沒有讓宮成茜注意到。

「我跟在妳身邊的原因啊，起初是為了要達成父親的囑託。」

雙目彷彿凝視著非常遙遠的地方，姚崇淵的口吻帶著一點惆悵。

宮成茜凝望著眼前的姚崇淵，她有股預感，姚崇淵可能將說出一個傷感的故事……

雖然早就預料到可能讓人想起不悅或悲傷的往事，但身為被跟隨者，宮成茜確實有權利曉得啊！

「你的父親……應該也是一名天師吧？」

記得姚崇淵說過，他們是一個天師家族，至於他是第幾代傳人她早就忘了。

「啊，是呀，他是一個很厲害的天師，比我還要厲害無數倍，是個真真正正的天師。」

點了點頭，姚崇淵語帶感慨地回應。

「我的父親是我的憧憬，繼承天師職位的我，希望有朝一日能夠達到像他那樣的境界。然而我的才能，卻是歷來姚家天師中最差的一位。」

宮成茜頗為意外地看著他。以宮成茜對姚崇淵的了解，趾高氣昂如他，很難說出這樣的話。

「瞧妳的神情，妳很訝異？」姚崇淵眉頭一挑，反問宮成茜。

宮成茜毫不猶豫便答：「是有點驚訝，因為不像是你這種自尊心強的人會坦白說的話。」

「那還真是承蒙妳看得起了，沒想到我在妳心目中是個很強的天師嘛。」

「那是兩碼子事，姚崇淵。」

宮成茜板起臉來，馬上潑了一桶冷水。

「哈，那妳有興趣聽下去嗎？不過本天師的嘴渴得不得了……」

「說到這個，我差點忘了……我帶了水給你喝，拿去吧。」

宮成茜取出一瓶水，遞給姚崇淵。

姚崇淵一拿到水瓶就大口大口地喝，宮成茜曉得他是真的口渴……這讓她有點過意不去，處罰姚崇淵半天都沒水喝是不是太過分了點？

不過，以前她也這樣對待過自己的助手啊，有一次助手不小心將她的稿子原始檔弄丟時……嘖嘖，現在想想，如今的自己真是慈悲心腸啊。

明明來地獄裡走一遭，怎麼變得越來越心軟呢？

宮成茜實在想不通。

「啊，口渴時喝到的水真是特別香甜。」

姚崇淵看著已經被喝光的瓶子，滿足地道。

「那麼你可以繼續說下去了吧？」

宮成茜收回瓶子，問向姚崇淵。

姚崇淵用手刮了刮自己的臉頰，「故事都開了頭，沒理由不接續說下去吧？是不是，大作家？」

「別挖苦我了，你就快說吧！」

催促著姚崇淵，宮成茜拍了對方的肩膀一下。

重新整頓好心情，姚崇淵又回到原本略帶凝重的神色，娓娓道來：

「我父親是個傑出的天師。為了這份工作，在我小的時候他常與母親爭執不休，想當然這段婚姻很快就觸了礁，而我也從此跟著父親四處輾轉工作，居無定所。」

「原來你也是單親出身啊……」

宮成茜不太意外。

通常單親家庭背景出身的人都會格外獨立自主，她也是，而且還容易具備強烈的警戒心。

突然間，自己和姚崇淵之間的距離好像又拉近了點，儘管這個人曾多次想要冒犯自己。

「嗯，我可不覺得自己因此而自卑喔，妳別將本天師想得那般脆弱。」

好似特別要澄清什麼，姚崇淵鄭重地對著宮成茜說。

「你放心吧，我完全沒有這樣的想法。我甚至可以跟你說，我也是單親家庭出身。」

宮成茜坐到姚崇淵身旁，又比剛進門時更放鬆自若一點。

「是嗎……難怪我以前就覺得妳和我有些相似的地方。」

即使在近得可以用肩膀碰到肩膀的程度，姚崇淵也沒有像以前一樣不時趁機吃豆腐，紳士般地維持原本的姿勢不變。

宮成茜注意到這樣的改變。不過這也沒什麼好驚訝的，畢竟他們之間的規定才剛生效，姚崇淵沒蠢到馬上毀約吧……所以，她還要再觀察一陣子，才能知曉姚崇淵是否真的改變。

「父親在天師的工作上非常認真，不管是遇到富有人家或窮苦人家來拜託除魔，父親總能都一視同仁，盡心盡力地做好每一個請託。除此之外，父親也會將心比心，體諒窮人的苦，只要是經濟狀況不好的人上門，父親都會默默地減價甚至視情況不收費用。」

「你的父親真是個好人哪……怎麼你好像就不是這麼一回事呢？這算是好竹出歹筍嗎……」

「宮成茜，妳不挖苦我是會胃痛嗎？」

姚崇淵沒好氣地翻了個白眼。

「哎呀，我剛講了什麼，怎麼一點記憶都沒有呢？是說姚崇淵你還沒說到故事的重點吧？」

宮成茜聽下來，姚崇淵的父親和他堅持黏在自己身邊，感覺毫無關聯，這也讓她更加想要探究來龍去脈。

「哼，反正妳常常管不住自己的嘴巴，我也知道，真要跟妳計較還真計較不完。」

姚崇淵聳了聳肩膀，一副「本天師不跟妳認真」的表情。

「我的父親就是這樣的人，他對外為人相當客氣謙讓……但對我這個未來要繼承他衣缽的兒子，就不是這麼一回事了。」

「哦？聽起來你爸對你很凶？」

聽到姚崇淵這麼說，挑起了宮成茜的興趣。

「可以這麼說吧，至少他給我的目標很難。」

搖了搖頭冷笑一聲，姚崇淵用若有所思的目光投向宮成茜。

「什麼嘛，你那是什麼眼神？難道目標與我有關？」

雖然覺得有點難以置信，但宮成茜從對方看向自己的眼神隱約得知，這好像與她脫離不了關係。

「正是和妳有關啊。妳不是想知道我纏著妳的理由嗎？現在就是要說這個的時候。」

「原來現在才要切入重點啊……你也很會鋪陳故事嘛，姚崇淵。」

宮成茜雙手抱胸，看著面前的姚崇淵。

「好說好說，跟妳這個正牌的小說家比起來，我還差得遠。」

姚崇淵回到原本的話題繼續道：

「父親知道我資質差，卻沒有放棄我，反而更嚴苛地訓練我。我一開始僅僅只能看到靈體模糊的存在，在他的磨練下習得各種基礎法術，慢慢地一步一步爬了上來。」

嘆了一口氣，姚崇淵的眉頭不禁深鎖，「妳絕對無法想像，父親訓練我的方式有多可怕……天啊，我現在光是回想就頭皮發麻！」

雙手抱頭，姚崇淵的身體微微發抖、臉色瞬間刷白。宮成茜覺得還是不要知道訓練內容比較好……

「在父親嚴厲的天師訓練下，我也逐步成為一個至少可以獨當一面的姚家天師。不過，同時父親也因為長期積勞成疾，身體狀況漸漸走下坡，病魔纏身。」

姚崇淵說到這邊，眼簾低垂，口吻也跟著沉重起來。

「父親知道，是時候將姚家天師的職責交給我了……因此，父親在健康狀況很不良的情況下，給我了一個任務。」

「什麼樣的任務？」

宮成茜眉頭一挑，納悶地詢問。

「與妳有關的任務啊。父親擁有靈視的能力，三不五時會窺見一部分的未來。

不久之前，也就是妳還在人世的時候，父親早已看到妳會被拉入地獄。」

「啊？你爸當時就已經知道我會被那該死的杞靈拖入地獄了？」

宮成茜訝異地睜大雙眼。

「我老爹很厲害對吧？他在那時就已經預視到這一點，更強的是，他當時也能明確地說出妳的名字。」

「這麼神奇！」

宮成茜更為訝異了。

「父親那時和我說，再過不久有個名叫宮成茜的女性，因受到他人怨恨招致墮入地獄。然而，神奇的還不只這一點。」

姚崇淵刻意賣關子，激起宮成茜更大的懸念與好奇心，忍不住急忙催促。姚崇淵這才緩緩地又道：

「父親還指出，妳屆時將成為地獄的稀客，以活人的姿態巡遊地獄。」

「連這個都能知道？天啊，如果早點認識你爸，或許我就能早些知道杞靈想對我不利！」

宮成茜驚呼連連，不過還是下意識地放低音量，否則外頭的月森哥等人可能又以為姚崇淵欺負自己。

「是啊，我爸真的很厲害，但大概就是因為這麼厲害，把自己的一切都奉獻給了天師這份工作，才換來了離婚、自己身體又搞砸的結果……」

姚崇淵一聲嘆息。

宮成茜猜想，姚崇淵是個以自己父親做為天師為榮，卻也以父親身為天師為憾的兒子。

這種眼睜睜看著親人被病魔折騰的苦……宮成茜懂，比誰都懂。

「那麼，你父親知道我的事後……該不會就讓你來地獄找我？」

眼看當下氣氛又沉重起來，宮成茜馬上轉換話題，想藉此將姚崇淵的情緒拉上來。

「沒錯，所以我才說我的任務和妳有關。這是老爹倒下之前最後給予我的考驗，只要通過這一關，我就能成為真正的姚家第十六代天師！」

握起拳頭，姚崇淵的眼神頓時發亮，略帶稚氣的俊美容顏光彩耀人。

宮成茜嘴角不禁微微上揚。她喜歡看人懷抱夢想、談論夢想或目標的模樣。在那一刻的人，臉上的表情最為動人。即使自己並非當事人，也能感染到對方在訴說時的喜悅。

「言下之意，你的任務就是要陪我走一遭地獄？」宮成茜推斷道。

「簡單來講，沒有錯。我父親是個很善良的人，他知道一個人類女性在地獄裡實在很危險，所以這趟伴遊多半是要我保護妳的意思。」

「那還真是辛苦你了哦，保鑣一號。」

宮成茜嘴角微挑，笑笑地拍了拍姚崇淵的肩膀。

「不用，收起妳噁心的笑容就好。」

嫌棄地拍掉宮成茜的手，姚崇淵的眉頭皺了皺，「不過，除了幫助妳平安地返回人世外……實際上我還給自己設了另一個目標。」

「什麼目標？」宮成茜好奇地問。

「我想過，要是成為姚家第十六代天師，只有紙鶴做為式神實在太過薄弱。我想要超越父親，而唯一能超越他的辦法，就是得到連父親都無法得到的強大魔獸

——讓比希魔斯做我的式神！」

姚崇淵的眼睛再度發亮，拳頭握得更緊了。

「比希魔斯？那是什麼鬼東西？聽起來就不是很好對付的玩意。」

了解到姚崇淵執著地跟在自己身邊的理由後，宮成茜的心底多少釋懷，也能夠理解對方。

只是，姚崇淵原本的任務就有些難度了，怎麼又想要給自己挖個坑跳呢？

「比希魔斯，又號稱地獄巨獸，據說是整個地獄裡最龐大的魔獸。」

姚崇淵的眼神和語氣轉為認真。

「地獄裡最龐大的魔獸啊，聽起來就很棘手……等等，這麼可怕的魔獸，我才不想跟你一起遇見牠！」

宮成茜連忙一把推開身邊的姚崇淵。

「放心啦，我本來就沒打算要讓妳為了比希魔斯涉險。不過妳也真是怕事又膽小，我都救過妳這麼多次，幫我一起打下比希魔斯也沒什麼吧？」

似乎是不滿宮成茜方才的反應，姚崇淵噘起嘴來不滿地說。

「哎唷，我只不過是個弱女子，想避開危險也是正常的嘛，姚天師又何必如此計較呢？」

宮成茜賊賊地吐了吐舌頭。知道了姚崇淵結伴同行的真正理由，她站起身走向門口，心情比起剛進門時輕鬆許多。

聽了一個很不錯的故事呢，小臘腸狗的故事比她預期得好聽多了。

「喂，姚崇淵。」

「幹嘛？要走快走，不然就別怪我想對妳出手，我可是一直壓抑忍耐著與妳兩人獨處的誘惑耶。」

聽到宮成茜的叫喚，姚崇淵眉頭一挑。

「那麼，我幫你釋放這股壓抑和忍耐……如何？」

「欸？」

姚崇淵以為自己聽錯，愣了一下，急忙又倉皇地猛搖頭：

「妳妳妳知道自己在說什麼嗎！妳這女人不要存心使壞啊！我、我可是很容易上當的哦！」

「你在胡說些什麼啊……」

宮成茜輕聲一笑，一手掩著嘴上的笑容。

「我說的釋放，只是要放你離開，不用再和我獨處啦！還是說，你想繼續關禁閉？」

真相大白。

姚崇淵認真覺得自己肯定是被這女人耍了！

第四章

地獄裡的度假休閒行

Tuning Demon Project

「哎呀，老婆婆，原來妳一個人住在這種地方啊？」

一名有著耀眼醒目金髮、出奇英俊的男子，一如既往帶著燦爛溫和的笑容出現在沈老太太面前。

「啊……您是……」

聽到似曾相識的聲音，沈老太太轉過頭來，流露出意外的神情。

「看來妳還記得我，這是我的榮幸。」

金髮男子微微一笑。

無論何時，在男子身上彷彿都能見到這道救贖的光芒，閃耀卻不刺眼。只是這種溫和美好的笑靨，對一個曾經親手割斷丈夫喉嚨的女人而言，還是太過遙遠、不可觸及。

看著金髮男子的俊美容貌和溫暖笑容，沈老太太開門見山地問：

「您來找我有什麼事嗎？像您這樣尊貴的天使，我們有機會二度見面，應該並非巧遇了。」

男子莞爾一笑。他向來不討厭直來直往的女人，如果有機會，他倒是可以考慮利用特權救贖對方。不過，在想這個問題之前，他得先回答對方的提問：

「妳還真是開門見山啊！沒錯，我一路從狄思城過來，聽說好像有狄思城總管的犯人，出現在墳場這一帶……妳能說說這是怎麼回事嗎？妳見過他們嗎？」

「您說的犯人，是不是一名人類女性，身邊有靈體和惡魔？」

「雖然我不是很清楚，但應該是這麼一回事。妳見過他們？」

金髮男子先是沉思了一下，隨後反問對方。

「嗯，我確實見過他們……他們本來在我家借住，當時他們每個人都相當狼狽，聽您這麼說來，應當是因為逃獄的關係吧。」

沈老太太想了一會，用她蒼老的聲調緩緩地回答。

「原來他們在妳家待過……不過聽起來他們現在已經離開了？」

金髮男子繼續追問下去。

「嗯，是啊……不久前才剛離開的，說是要去地獄的第七層……」

老婦人不是很清楚他們為何要到地獄的更深層。越接近底層，環境就越惡劣，囚禁在那邊的人們也更為暴戾。像她自己，雖然生前因為殺了丈夫而被打入地獄第六層……可到至今，她仍沒有半點後悔之意。如果要她再次選擇，她仍會在當時殺了那個該死的家暴男。

「真是可惜，以為可以見到她的……」

一手拄著下巴，金髮男子若有所思，語氣帶著一絲惋惜。

「謝謝妳告訴我這些。我可以再問一件事嗎？」

抬起頭來，金髮男子的目光重新對上老婦人。

「您還想問什麼？」

沈老太太慢慢地眨了眨幾乎快掉光的眼睫，回應對方。

「妳明知他們可能是逃脫的犯人，為何收留他們？再者，又為何要一五一十地告訴我？不怕我要將他們逮捕到案？」

沈老太太不疾不緩地回答：

「就算是逃脫的犯人又如何？在這地獄裡誰不是犯人？至於第二個問題……您背後的翅膀，就是答案。」

沈老太太的目光越過金髮男子，意有所指。金髮男子側過頭去，稍稍看了一下自己的身後。他知道自己的翅膀根本沒有顯露出來，嘴角卻微微上揚。

「呵，就算長有一對潔白的翅膀，也難保不會傷害他人吧？」

「話是這麼說沒錯……但是，感覺您和其他有翅膀的人不太一樣……」

沈老太太用沙啞的嗓音，耐心地回答對方的問題。

「是嗎……那還真是謝謝妳了，各方面都是。但願天父能看顧妳，讓妳早些脫離這座地獄。」

金髮男子向沈老太太微微欠身，絲毫不在意自己高貴的身分，也並未看輕地獄裡的罪婦，自始至終都很有禮貌地應對。

在他轉身離開後，沈老太太回到茅草屋裡，走到房間，拿出埋藏在枕頭底下的照片。

「天父會看顧我嗎……或許，將我創造出來時，祂就已經放棄我了吧……」

沈老太太摸著手中泛黃的老舊照片，留在這昏暗房裡的，是她無奈深長的嘆息和寂寥的背影。

「這條路真是有夠難走……」

宮成茜一邊抱怨，一邊小心翼翼地跨出每一步，一手還緊緊地抓住伊利斯的手臂。

「通往第七層的路本就不是很好走，沒什麼特別原因的話，很少人會去那裡。越底層的地獄，社會化的程度越低。這邊的道路鮮少修築，就連通往第七層入口的管理者艾爾，平常都很少過來，第七層幾乎是開放狀態。」

伊利斯一邊帶路一邊向宮成茜解說。

道路一旁是陡峭崖壁，似乎不久前這一帶才發生過山崩，從山頂到平地這段路程之間，散布著不少巨大碎石，還不時滾落，讓宮成茜一行人走得更是戰戰兢兢。

不過，就是這一帶路況如此險惡，又未嚴格管理，他們才無須讓艾爾開啟通道，否則可就讓人頭痛了。

宮成茜從沒走過這麼可怕的路，深怕跌進看似無底的深溝裡，只得一手緊抓著伊利斯，另一手交給月森，讓這兩人護著自己的安危。

好不容易，來到某個山路隘口，路旁有個木製的簡陋招牌，上頭寫著「冥羅督休閒度假農場」。

「……這是啥？休閒度假農場？」

記得不久前不是有人說過，地獄越底層越不見社會化嗎？那怎麼還會見到這麼商業化的招牌？

「這裡什麼時候開了農場？還是那個冥羅督開的……嗯嗯……」

伊利斯一手刮著下巴，嚴肅的臉孔若有所思，不自覺地散發讓旁人感到不舒服的壓迫感。

「這是什麼意思？這個休閒農場是新開的？以前沒有？」

來到這個隘口後，道路變得比較平坦、寬敞，不過還是不便於大型交通工具經過。宮成茜抬頭四顧，在他們的右邊有一段石階，石階上雜草橫生，看起來不像是新鋪設的，但根據伊利斯的說法好像才剛新創不久……

如果伊利斯說的沒錯，那麼這家冥羅督休閒農場的主人，應該是個疏於照料自家農場的傢伙。好吧，在地獄裡有這種農場主人她真的不意外。

「我們應該不需要進去這種地方吧？」

許久未開口說話的姚崇淵，難得地出了聲。

自從被禁閉懲罰之後，姚崇淵明顯安靜不少，也較少和死對頭月森吵架。對宮成茜而言，目前似乎是件好事，只是她多少有些不習慣。

「我也希望不要進去……但我們必須通過這座休閒農場，才能到達地獄的第七層。」

伊利斯搖了搖頭，頗為無奈地回答。

「前方不是也有路嗎？雖然路比較小條，但還是能走吧？」

姚崇淵不解地追問。

「那條是死路，唯有走上這個石階。」

伊利斯搖搖頭，回答姚崇淵的問題。事實擺在眼前，地獄的構造便是如此。

「看來只能進去這座農場了……茜，握緊我的手，石階上都是青苔。」

向來行動派的月森直接伸出手去牽宮成茜，稱職地做個冰山騎士。

「我們就別想太多，先進去再說吧！」

宮成茜搭上月森的手，小心翼翼地往上爬。她心底多少有些好奇，這座冥羅督休閒度假農場是什麼模樣。

一伙人爬上階梯，登上農場的土地。放眼望去，果真是一片綠油油的草坪……但不遠處，疑似躺著一個人。

「我的眼睛應該沒有業障深重吧？」

宮成茜雙眼瞇了起來，直視前方。

「妳沒有看錯，本天師也看到相同的場面。」

姚崇淵站在宮成茜的身旁，踮起腳尖往前看。

在前方斷層的頂端上，有個人不像人、怪物又不似怪物的傢伙四肢攤開地躺著，坦胸露乳接受陽光最直接的曝曬。

「那傢伙……就是這座農場的主人，冥羅督。」

伊利斯抹了抹臉，像是有些尷尬地說出這句話。

「欸？你說那傢伙就是農場主人！」

宮成茜訝異地睜大雙眼。那種看起來像個廢物般躺在地上的獸人（？）就是農場之主？

這其中一定有什麼誤會吧？

「雖然我也很不願意承認……但那傢伙就是由一條假母牛所孕育出來的產物，冥羅督。」

拍了一下自己的額頭，伊利斯的語氣聽起來似乎更無奈了。

「假母牛生下來的？地獄裡還真是無奇不有啊……」

宮成茜搖了搖頭。雖然這趟地獄行她遇見太多不可思議的事了，但每每聽到新的奇人異事時，還是覺得自己的想像空間有待加強。

「我們經過的時候最好別吵醒他……那傢伙有嚴重的起床氣，想要快速通過的話，一定要把握他睡著的期間，否則事情會變得很棘手。」

伊利斯一邊說，一邊對著眾人做出噤聲的手勢。

儘管宮成茜等人不是很明白事情為何會變得棘手，不過熟悉地獄的伊利斯都這麼說了，他們最好還是安分地聽從。

宮成茜一行人在藍天白雲之下，腳踏綠油油的農場草地。若撇除躺在草地裡睡午覺的某頭怪物外，這裡的風光對宮成茜而言還算舒適寬心。比起死氣沉沉的狄思城，農場的青草氣味和寬闊天空非常療癒。

當然，如果不要想起這裡是地獄，會更有成效。

眾人小心翼翼地屏住呼吸，盡可能快速通過。若由旁人來看，定會覺得這一幕真是滑稽不已。

就在好不容易即將全員通過之際，走在最後的月森突然驚呼：

「糟糕！我的保冷袋！」

很顯然的，讓冰山王子崩潰的原因只有一個，那就是月森最重要的保冷袋。他腕上的保冷袋不知什麼原因，剛剛突然企圖自殺，掉到地上。

一旁的姚崇淵急著揮手要月森別再發出聲音，宮成茜則要月森趕快拿起保冷袋走人，只有伊利斯看向農場另一處……沒錯，他正想要告訴大家為時已晚。

「吼吼吼吼——」

冥羅督如震怒的鬥牛，發出驚駭且響亮的咆哮。

「那頭牛果真被吵醒了！這下該怎麼辦啊？我們可以無視他快點離開嗎！」

光聽那吼聲就知道不妙，宮成茜只想快快逃離這裡！

「沒辦法，冥羅督被吵醒後我們就難以離開這座農場了……小心！他過來了！」

伊利斯趕緊衝到宮成茜面前，以身軀保護她。

「吼吼吼！你們就是吵醒俺的人吧！」

用一對牛腳快速跑到宮成茜等人面前，這名人高馬大的獸人，正是伊利斯口中有嚴重起床氣的冥羅督！

「那、那個，很抱歉我們吵醒了你，有話好好談嘛……」

宮成茜決定率先道歉，反正什麼都不用說先低頭就對了，意氣用事或硬碰硬大概只會讓情況更慘。

冥羅督壯碩的上半身滿布各種像被囓咬啃食過的傷痕，脖子上則繫著一條黑色皮繩項圈，粗壯的頸子上很明顯地看到賁張血管，臉孔絕對比伊利斯還要凶神惡煞，一看就知道是個很不理智、難以控制自己情緒的男人！

「沒什麼好談的！吵醒俺就只有一個下場！就算是伊利斯你這種二等惡魔也不能免！」

冥羅督雙眼充滿血絲，先對著宮成茜回應，隨後又將目光瞪向一旁的伊利斯。

「啊，本來以為伊利斯認識他的話就沒事了……想不到伊利斯你沒啥用處吶。」

姚崇淵搖了搖頭，嘆了一口氣，心底惴惴不安地猜測冥羅督究竟要他們做什麼。

該不會是叫他們幫忙趕羊？還是擠牛奶？驅蟲？

……別鬧了，姚崇淵。

「冥羅督，你先聽我說，這位宮小姐是晨星．路西法大人的貴賓。」

「俺不管政治！俺只知道你們吵醒俺的午覺，就別想輕易踏出俺的農場！」

冥羅督直接打斷伊利斯的話，一頭張狂的白髮隨著怒氣直豎起來。

眼看冥羅督如此生氣，眾人一時間不知該如何是好，不安地等待對方即將開出的條件。

「你們！大老遠來不能只為了吵醒俺而已——作為賠償，必須入住俺的休閒度假農場三天兩夜！當然不會給優惠！」

冥羅督一說完話，現場的眾人陷入一片沉默，彷彿在他們頭頂上有一票呀呀叫不停的烏鴉飛過。

「什麼啊……」

這種賠償真是簡單得嚇死人！宮成茜表面上雖看起來反應冷靜，內心卻是相當波濤洶湧。

「怎樣！沒有意見的話，俺等等就帶你們去入住！不是俺在老王賣瓜，俺的農場可不只是一般休閒農場，還有溫泉呢！哈哈哈！」

根本不把宮成茜等人臉上的驚呆當回事，冥羅督仰頭豪邁大笑，轉身就往農場內走。

「還真是我行我素的傢伙啊……不過意外地良善單純呢，明明外表看起來挺嚇人的。」

宮成茜邁開步伐，在她身旁的其他人也跟上。反正聽起來只是入住農場民宿，某種層面上來說還算是賺到一個度假。

「可別掉以輕心哦，這傢伙牛脾氣一上來，什麼時候翻臉都不知道呢。」

姚崇淵跟在宮成茜的身旁，向她警告道。

「說的也是，反正在地獄裡沒什麼是可以信的。」宮成茜聳了聳肩。「不過，我還是很期待究竟能入住什麼樣的地方。」

來到地獄住過不少奇奇怪怪的地方，就是沒有住過地獄版本的休閒度假農場，儘管知道這很可能和人世的大不相同……也阻止不了宮成茜的想像和期待。況且，農場主人冥羅督都說了，這裡有引以為傲的溫泉呢！

「啊，好期待！這種微冷的天氣最適合泡溫泉了！」

雙手捧著臉頰，宮成茜陶醉地道。

「成茜，等妳看到他所說的溫泉再開心也不遲。」

「真是的，伊利斯你幹嘛潑我冷水啦。」

眉頭一皺，宮成茜不悅地回。

「我只怕妳看了他們家的溫泉，會有些失望罷了。」

伊利斯沒有多說，似乎不想再多費口舌。

一行人走著走著，領著眾人走在最前頭的冥羅督停下腳步，站在一間簡約風格的小木屋前，轉過身來對大伙道：

「就是這裡啦！你們將住上三天兩夜的地方！怎樣，俺的小木屋不錯吧？」

自信滿滿地挺起胸膛，一手高舉著揮向後頭的小木屋，冥羅督大聲宣告。

「這就是我們要入住的地方嗎……呃，正常得有點普通啊。」

前方這座小木屋看起來平凡無奇，但轉念一想，畢竟身處地獄，能悠閒地住在這種民宿已經是奢求了。看來，她應該可以期待這邊的溫泉了！

「三天下來，包准你們玩得盡興！這幾天晚上還會有烤肉活動，記得來參加！俺要先去忙農務了！」

冥羅督順手拍了拍剛好站在旁邊的伊利斯肩膀，便揚著洪亮的笑聲離開眾。

「這個冥羅督……其實說不定是個熱情的好人呢……」

宮成茜目送著對方遠去，不禁喃喃自語。

「宮成茜，妳這種想法在地獄是很危險的。可別忘了，會在地獄裡的人生前大都不是什麼好東西。」

姚崇淵聽了宮成茜方才的話，板著臉孔正色地提醒。

「這種事我當然知道，只是冥羅督算是地獄的原生物種吧？又不一定是做了壞事才被打入地獄。」

不僅提供小木屋民宿，晚上又有ＢＢＱ可吃，冥羅督這頭牛搞不好很認真地在經營休閒農場呢！

「總之，先進去看看吧！大家不是都累了嗎？」

宮成茜率先啟步，帶領大家往前頭的木屋行進。

「茜的樂天，有時候真的很迷人可愛呢。」

月森跟在後頭，向來冰山般的俊美容顏上多了一點暖意。

「好噁，為什麼你這個保冷袋控總能臉不紅氣不喘說出這麼肉麻的話！」

雙手緊抱著自己的胸膛，姚崇淵打了個哆嗦。

月森沒有回應，只是朝姚崇淵投射一道冷冽的目光，便繼續跟在宮成茜的後頭走入木屋之中。

「哇……還真是民宿等級的木屋，該具備的東西全都有了！」

一進入屋內，宮成茜便為眼前所見到的種種發出驚呼。

這下真是賺到了，她可以好好度假偷個閒。先前一直奔波逃命實在太累了。

如果可以，她真想這樣一直下去。現在回想自己在人世時，其實也都在拚命趕稿，根本沒有生活可言。居然是在地獄時才有機會放慢腳步，想來也真有點諷刺……

「成茜，妳在發什麼呆？雖然我們暫且逃離了艾爾總管的追捕，但還有任務在身，何時被他們追上也不曉得，可不能真有放假的念頭哦。」

伊利斯提醒著宮成茜。眼下不宜太過鬆懈。

宮成茜嘆口氣回應：「唉，知道了啦，反正我只求有溫泉，還是會隨時提高警覺的啦。」

扭了扭脖子，宮成茜本就沒有抱多大希望。對她來說，就算只是奢侈地想像一下也就夠了……真討厭身邊的人都要打碎她的幻想，不知道作家最需要的就是腦補想像空間嗎！

眼見宮成茜一臉哀怨，伊利斯一時不忍，便改口道：「不過，既然都被限制在這裡，妳還是多少可以休息一下，警戒防範的事情就交給我們吧。」

「還真是寵她啊，現在宮成茜不只有月森那個保冷袋控寵著，就連看起來鐵面冷酷的伊利斯也淪陷了……嘖嘖，宮成茜的魅力還真大。」

姚崇淵不禁搖頭，把現場其他人都點名吐槽一次。

宮成茜懶得跟姚崇淵繼續辯下去，直接走到木屋的落地窗前，打開窗戶，站在窗口享受迎面而來的涼風。

好想就這麼沉醉在舒爽的風中，什麼都別管了。

可是只要她一睜開眼，就會想起自己肩負的責任——一部地獄遊記輕小說，以及她說什麼都要取回的靈感。

涼風徐徐吹來，將宮成茜一頭青絲吹得微微揚起，她享受其中。不知道這個時候，自稱地獄責編的阿斯莫德，現在又在遠方做什麼呢？

別西卜與阿斯莫德之間的戰火，會延燒到何時？這道火會不會擴大到燎起整座地獄？

宮成茜一直有這種預感，猜想或許這就是路西法要她寫下地獄遊記輕小說的原因……記錄大戰之前的地獄？

不行，別想太多了，再這樣想下去會沒完沒了。

宮成茜關上落地窗，留了一點縫隙讓涼風得以持續吹進來，便開始跟其他人分配接下來各自所住的地方。

由於小木屋是採取樓中樓的設計，除了廁所以外沒有隔間，也就是說，若非採取大通鋪的方式，就得各自找一個空曠處鋪床墊而睡。

身為唯一的女性，宮成茜覺得很不自在，可是總不能進廁所睡吧？

別無選擇的情況下，她斟酌著要找二樓的一塊空處，打算獨自在那度過兩夜。

只是才剛把話說出口，姚崇淵率先發問：

「我有問題！那麼到底是誰能睡在妳附近的區域？這個問題一定要解決，想必大家心裡都很想知道吧？」

姚崇淵像個小學生般舉手，搭配那略顯稚氣的臉孔，看在宮成茜眼底不禁覺得有些可愛……只是一點點可愛哦！

「嗯，難得姚崇淵會說出我心裡的話。茜，妳怎麼回答？」

月森也跟著應和姚崇淵，贊同地點了點頭。

「雖然我不是很想加入無謂的爭寵，但既然攸關成茜旁邊睡的人是誰，我就不能置身事外了。成茜，我們都在等妳的答案。」

就連伊利斯也板起臉來追問。他本就看起來嚴肅，一旦認真起來，那股壓迫感更強烈了。

被眼前三人如此逼問，宮成茜不禁嚥了嚥口水，反射性地倒退一步。

「一定要決定誰睡在我附近嗎？這種事根本不重要吧！」

為什麼局面會演變成如此？

她不過只是想好好睡一覺啊！

「一定要，如果妳不決定的話，我就將其他兩人打到退場！」

姚崇淵撂下狠話。

「就憑你這隻小臘腸？難。」

月森冷冷地瞥了姚崇淵一眼，口氣相當不以為然。

「就憑你這隻小臘腸，難。」

伊利斯把月森的話原封不動地重覆一次。

「你們兩人不要一搭一唱的啦！可惡的保冷袋控和臭臉惡魔！本天師收拾掉你們喔！」

姚崇淵握緊雙拳，氣得雙頰漲紅。

「茜，妳還是快點決定吧，不然我們大概會為了妳而起內鬨。」

「壓力好大啊……」

聽了月森的話，宮成茜都汗顏了。她在人世時根本沒有半點桃花運，地獄裡的彼岸花運卻強盛到令人困擾。

老天爺呀，耍人也不是這樣子的吧？

如果自己不做出決定，這三隻牛絕對不會乖乖放棄。宮成茜深吸一口氣，迅速地在腦海裡盤算結果，對面前三人宣告：

「兩晚，我們會有兩晚的時間在這裡度過。」宮成茜指著月森和伊利斯，「這兩晚就分別由你們輪流睡在我附近的位置——聽清楚，是附近的位置，而不是我身邊哦！可別擅自睡到我旁邊來！」

「嗯，茜說的我沒意見。」月森立刻同意。

「我也沒意見，就照成茜說的這麼做吧。」伊利斯也跟著點頭答應。

「你們沒意見我有意見！」姚崇淵氣沖沖地跳出來反對，「宮成茜！妳這是什麼意思！為什麼偏偏只有我沒有！」

「哦，那是因為——」宮成茜眨了眨眼睛，「你不久前才對我做出下流無恥的事，當然不能讓你有機會再靠近我。」

「怎麼可以！這樣太不公平了吧！」

姚崇淵馬上反彈，他無法接受這樣的結果！

「姚崇淵。」

這時，月森將手搭上對方肩膀，「你就為自己之前的行為好好懺悔吧。」

「成茜，就由我們來輪流守護。」

伊利斯也伸出他的一手，搭上姚崇淵另一邊的肩膀。

「你們——不要欺人太甚了！本天師一定要降服你們這兩個妖孽！」

怒氣值瞬間爆發，姚家第十六代天師傳人在此立下誓言。

第五章

惡魔的祕辛

Tuning Demon Project

宮成茜真的累了，在迎接晚上的大餐和溫泉之前，她決定先好好休息一會。她鋪好床一躺下來，伊利斯也跟著到她附近坐下休憩，同時宣告今晚就由他實行睡在宮成茜旁的權利。

至於姚崇淵和月森，兩人待在樓下各自做自己的事。

宮成茜本想直接入睡，但突然有件事浮上心頭，她坐起身，出聲問向一旁的伊利斯：

「伊利斯，你曾說過，你是阿斯莫德的好友吧？」

「應該是吧，我是少數算了解他的人。怎麼突然問這個？」

對於宮成茜的問題，伊利斯有些納悶。

「我只是突然想到，之前和別西卜對戰時，別西卜說了些讓我滿好奇的話……關於阿斯莫德的事。」

「成茜，妳是純粹想八卦，還是因為是阿斯莫德才讓妳如此在意呢……」

伊利斯一手托著自己的下巴，若有所思地看著宮成茜。

「別亂猜測了，你到底要不要幫我解開疑惑？」

不想讓伊利斯繼續臆測下去，宮成茜眉頭一鎖，板起臉來問道。

「看在妳的分上，能回答的我都會盡可能滿足妳。」

「那就先謝謝你了，伊利斯。」

先向伊利斯道謝，宮成茜接下來便提出問題：

「你知道，阿斯莫德跟別西卜過去有何過節嗎？好像……跟女人有關。」

宮成茜想起別西卜曾說，他搶過阿斯莫德的女人。當時阿斯莫德的憤怒神情和回應，其實一直都擱在宮成茜的心頭，總想找個機會了解。

「關於這個，我有一次和阿斯莫德喝酒聊天，聽他透露過這段往事……天知道，那是我看過阿斯莫德喝過最爛醉如泥的一次。大概，也是因為喝到這種程度，像他那樣平常對私事避而不談的人，才會不小心傾盤而出吧……」

目光放得很遠，伊利斯回憶起當年的光景，那張鐵面般的臉孔也不經意地露出淡淡笑容。

透過伊利斯，阿斯莫德潛藏在心底多年的痛與祕密，展現在宮成茜面前……

一副風流模樣的阿斯莫德，過去曾深愛一名居住在米底亞、叫做莎拉的女性。

礙於人類與惡魔之間無法真正結合，阿斯莫德只能看著莎拉嫁給他人。

莎拉前前後後結了七次婚……然而，每一任丈夫皆被阿斯莫德所殺害。

聽到這裡，宮成茜不禁屏住呼吸。

這個人……真的是她認識的那個阿斯莫德嗎？

愛不到就要毀了對方嗎？

前後總共七次……未免也太可怕了！

雖然難以置信，但宮成茜轉念一想——阿斯莫德對她再怎麼好，也是一名惡魔。

惡魔，本就是邪惡的存在……不是嗎？

既然如此，阿斯莫德因為嫉妒而殺害情敵，這種行為也就能夠理解了吧？

雖然這麼想，宮成茜還是不太願意承認，畢竟自己受到阿斯莫德太多的照顧和保護，一時間要她用完全不同的眼光評斷阿斯莫德，實屬困難。

正當宮成茜露出糾結的神色時，伊利斯開口：

「怎麼了？該不會在想阿斯莫德原來是這麼可怕駭人的惡魔吧？」

被點到心坎，宮成茜吃了一驚，猛然抬起頭問：

「你怎麼知道我在想什麼……你會讀心術嗎！」

明知應該沒用，宮成茜還是下意識地雙手護住自己的胸口。

「不需要讀心術，妳的表情已經透露出一切。成茜，妳真的很好看懂。」

「少囉嗦，我可一點也不想聽到你這麼評論我……話說回來，阿斯莫德真的是因為嫉妒才殺害對方嗎？」

先是沒好氣地回應伊利斯，下一秒宮成茜又轉換話題，認真地詢問。說到底，她還是不願相信阿斯莫德那優雅出眾的男人會做出這種事！

伊利斯嘆口氣道：「看來不只是單純想八卦……妳是真的很在乎阿斯莫德啊。」

「才、才沒有呢！你少轉移話題！」

宮成茜兩頰馬上浮現些許嫣紅，隨後她甩一甩頭，又用嚴厲的口吻對伊利斯說。

她才不是在意阿斯莫德，她只是想解答一個懸在心中很久的問題。如果不這麼做，每當想起阿斯莫德對上別西卜時的情景，她便會莫名地覺得有些心痛。

甚至，她會覺得自己好像是被拿來跟阿斯莫德之前的女人做比較……這對自尊心高的宮成茜來說，絕不能容許。

「真是拿妳沒辦法啊……好吧，關於阿斯莫德的作為，表面上乍看是心狠手辣的情殺，但實際上——」伊利斯深吸一口氣後道：「莎拉出身卑微，被父親和人口販子任意轉賣婚嫁，因此都遇到不好的男人。」

聽到這邊，宮成茜似乎能夠預測到接下來伊利斯要說的後續。

「阿斯莫德無法容忍這些男人殘暴地待她，一一殺了這些男人，卻也招來當時人民的恐慌。」

「招來恐慌？」

宮成茜有些困惑地皺起眉頭，眨了眨眼看向伊利斯。

「妳想想看，連續殺了七個男人，就算隱瞞得再好，也總會讓人察覺到異樣吧？」

「這倒也是……不過阿斯莫德還真下得了手啊……」

這則往事，再次提醒宮成茜阿斯莫德是名不折不扣的惡魔。

「那麼，莎拉又和別西卜有什麼關係？」她再次提問。

「阿斯莫德為了莎拉殺了七條人命的事，很快就傳到別西卜的耳中。妳也知道，這對雙胞胎之間的感情本就不好，成年之後，彼此之間更是充滿競爭意識……」

伊利斯眼簾低垂，「別西卜派人打聽莎拉的下落。他知道，如果想讓阿斯莫德感到痛心，從這個人類女子下手絕對是一個捷徑。」

「別西卜還真心狠手辣……絲毫沒有身為兄長的手足之情嗎……」

宮成茜胸口微微疼痛，實在無法理解這對兄弟究竟有何深仇大恨。

不過，聽起來別西卜和阿斯莫德在成年之前，關係似乎還不至於敵對……他們在成人之後，究竟遭遇了什麼，才導致這對兄弟彼此相殘？

不知為何，宮成茜想起了當初在阿斯莫德住處所見到那幅畫……那幅疑似別西卜和阿斯莫德小時候的肖像畫。

兩名模樣相似的男孩一站一坐。坐在椅子上的是表情有些靦腆的男孩，蓄著一頭酒紅色的短髮；站在一旁、手搭在對方肩上，是另一名嘴角挑著自信微笑的男孩。

畫面中，兩人的感情似乎相當和睦，手足情深……對比今日，宮成茜不勝唏噓。

「我猜，妳現在是在想，別西卜和阿斯莫德這對兄弟為何相殺吧？」

伊利斯的聲音將宮成茜從思緒中拉回，她一聽又睜大眼睛：「又被你看出來了？」

「妳的臉就是一面鏡子，妳在想什麼都照得出來。」

肯定地點了點頭，伊利斯這般回應。

宮成茜捧著自己的臉頰，低聲呢喃：「我這張臉到底洩漏了多少天機啊……咳，先不說這個了，之後呢？別西卜肯定找到莎拉了吧？」

身為一名輕小說作家，她大概預測得到接下來的發展，只是仍想從伊利斯口中聽到真正答案。

「在那之後，別西卜的確找到了莎拉，並強行將莎拉搶到自己身邊——嚴格來說，就是綁架。」

臉色一沉，伊利斯用嚴肅的口吻說出了真相。

「綁架……還真有別西卜的風格啊……」

想當初自己也算是以同樣的方式被關進別西卜的住所，宮成茜心有戚戚焉。

「想當然，別西卜將莎拉搶奪過來，只是為了要讓阿斯莫德傷心，便用盡各種手段，殘忍對待這名可憐的女性。」

身為一名惡魔，同情似乎是一件很違和的事，但一想到別西卜當年是如何摧殘莎拉……就算是惡魔的自己也有所不忍。

伊利斯瞧見宮成茜臉色凝重，帶著一絲蒼白，大概是回想起當初被關在別西卜家中的情境吧？

他站起身，走到宮成茜的床旁，將自己的右手溫柔地覆蓋在對方頭頂上，輕輕地拍了拍，就好像在安撫受驚的孩童般。

那樣輕巧，那樣充滿溫暖，難以想像這是一名惡魔所做之事。

「用不著這樣啦……莎拉比我更需要……」

微微嘟著嘴，宮成茜有些不自在，但也有些享受這種暖意。

「但是，比起莎拉，我更在乎妳……成茜。」

伊利斯將宮成茜的頭往自己懷裡靠攏，「我捨不得看妳露出這種表情，也捨不得當初的妳在別西卜手下受苦。我現在能給的，僅有這一點點的安慰了。」

靜靜地聽著伊利斯所言，宮成茜閉上雙眼，心想就這樣吧——就這樣讓伊利斯安慰自己也不錯。

雖然她不喜歡流露出柔弱的一面，這一次就破例吧。

時間緩緩地流逝，情緒平復的宮成茜漸漸覺得有些羞窘。不能再這樣下去……宮成茜想到以往慘痛的經驗，還是盡量跟這些男人保持距離比較好。

稍稍使力推開伊利斯，宮成茜清了清喉嚨：

「那個，可以了，不需要安慰這麼久。要是讓樓下那兩人看到，肯定又不知道要鬧到什麼程度。」

「我是不在意這點小事，但如果成茜在意，我就鬆手吧。」

伊利斯聳了聳肩退開。

「不過……還是謝謝你告訴我關於阿斯莫德的事。」

「跟我這麼客氣做什麼呢？我的這條命，是妳兩次救下來的。」

伊利斯嘴角微微一揚。

只有在這種時候，向來給人冷酷鐵面的形象才會瓦解。就算是見識過無數帥哥美男的宮成茜，每每見到伊利斯的笑容，心中仍會不自主地小鹿亂撞。

「好了，妳不是要午睡？趕快好好休息吧。」

又順手摸了摸宮成茜的頭後，伊利斯便走回自己所睡的位置，一展紳士的溫柔。

宮成茜愣愣地看著伊利斯，內心掀起了洶湧波瀾。

可惡，鐵漢柔情根本是反差萌啊……萬惡的伊利斯！

感覺自己心中的小鹿不停地狂奔直撞，這該死的伊利斯，她發誓一定要將他寫入小說裡！

「成茜？妳怎麼一臉傻乎乎的模樣？」

直到伊利斯的聲音打斷思緒，宮成茜這才猛然從自己的妄想中清醒。

「沒、沒有！什麼都沒有！我才沒覺得你反差萌……」

「……妳在胡言亂語什麼啊？」

「就說沒事了啦！午安！」

迅速地躺下，將棉被拉到最高蓋住自己的頭，宮成茜像個孩子般逃避地躲進名為棉被的防空洞裡去。

啊，久久萌心大動，實在太傷體力和精神了啦！

「這就是……傳說中的ＢＢＱ大餐嗎？」

宮成茜瞪著死魚般的眼神，看著眼前烤肉架上的食物……

不，嚴格說來這些根本不算食物。

烤得炭黑的烤肉架上，黃色、綠色和藍色的肉塊血淋淋地躺在上頭，最後烘乾成一塊塊略帶焦黑的狀態。

宮成茜指著這盤「肉」，僵硬地問：「這……能吃嗎？」

吃下肚真的沒問題嗎？

怎麼看都比較像是吃了會食物中毒吧！

「吼吼，妳就有所不知啦！這些都是咱們第七層的土產啊！」

農場主人冥羅督用他一貫洪亮震耳的嗓音回應，「黃的這塊是地獄黃金蠍肉！

綠色的是地獄溫泉蛇肉，還有藍色的是……」

「可以了！我都知道了！可以不用介紹了！」

宮成茜趕緊阻止對方再說下去，光聽就覺得反胃。

這些土產未免也太可怕！

吃下去會死，只是個普通人類的自己絕對會死！

「吼吼，妳不用跟俺客氣啦！這些都很好吃喔，很多其他層的亡魂幽靈都會跟我下訂宅配過去呢！只有在我這家冥羅督休閒農場吃得到啦！」

一點也沒注意到宮成茜鐵青的臉色，冥羅督滿是自豪。

「果然，這裡是地獄啊……」

扶著額頭，宮成茜不禁有些暈眩。她總是不小心將這裡當成人世的觀光農場。

「茜，不打算吃一點嗎？這些土產在地獄裡都小有名氣呢。」

眼看宮成茜完全沒進食，月森湊近詢問。

宮成茜有氣無力地回答：「這些食物根本是可怕得遠近馳名吧……算了，我實在吃不下，還是先去泡個湯吧……」

這種烤肉大餐還是免了，吃下去沒死也只剩半條命，她現在最後的希望只剩溫泉了。

「吼，說到溫泉喔！」

冥羅督的聲音又傳了過來。每次開口都不離一道吼聲，顯然是他特有的口頭禪。

「吼，溫泉那一帶最近不是很安寧的樣子，好像有專門打劫遊客的搶匪喔！」

「打劫遊客的搶匪？等等，溫泉也在你的管轄內吧？身為農場主人，怎麼能放任這種事發生！」

宮成茜聽了冥羅督的話後，馬上眉頭深鎖。

「吼吼，妳這麼說就不對了，俺也不是故意放任啊！」

冥羅督似乎有些動怒，本就嚇人的臉此時看起來更為懾人。

「俺動用了很多資源和時間去抓那名搶匪，可那搶匪狡滑得很，動作又很敏捷，俺費盡力氣也抓不到啊！」

「有這麼難抓嗎？地獄裡有沒有警察？不能報警處理嗎？」

聽了冥羅督的說法後，宮成茜仍抱持懷疑態度。

「地獄裡沒有警察！只有鬼差和專門執行刑罰的處刑者。妳以為這裡是天堂啊？地獄裡一切惡行基本上都是被默許的吼！」

冥羅督沒好氣地回吼，一副「妳這個外地人不懂就別胡說」的嘴臉。

被冥羅督這麼回嘴，宮成茜倒不知該如何是好，只能摸摸鼻子低聲咕噥：

「反正我就是要去泡湯啦……如果真遇到歹徒，我就用法杖打爆他！」

「既然茜這麼想泡湯，防治搶匪的事情就交給我吧，我一定會守護好茜，讓茜能夠安心地泡湯。」

向來寵溺宮成茜出名的月森第一個跳出來，一手覆在胸前宣誓道。

「嗚哇，又來了，保冷袋控的寵溺宣言。」

姚崇淵馬上發揮吐槽技能，雙手抱著自己的手臂搓呀搓，表現出一副對月森所言很發寒的模樣。

「既然月森都這麼說了，我也不能落於人後——成茜的安危就由我負責！」

伊利斯也不遑多讓地說出保護宣言，搭配他那無雙鐵面，使這番言論顯得更為霸氣。

「第二個寵溺控出現了！宮成茜妳這下能好好泡湯了，可喜可賀啊！」

姚崇淵對著宮成茜冷嘲熱諷地說道。

「就算沒有他們的保護，我也能自己好好泡湯好嗎……不過呢，人家的好意我就別浪費了。」

宮成茜嘴角彎起一抹賊笑，「那就麻煩月森哥和伊利斯啦。至於小臘腸，你就給我好好待在屋裡，或待在這裡吃這些肉，不許再偷窺了！」

像是在對自家寵物狗下命令一樣，宮成茜毫不客氣地直指姚崇淵的鼻子道。

「我才不會咧！已經看過的東西我不稀罕！」

姚崇淵怒哼一聲，耍脾氣地扭過頭去。

「畜牲，你會為了偷窺茜的罪行付出代價。」

月森凜冽的殺氣透過雙眼冷冷地射向姚崇淵。

「月森，我和你同一戰線，需要人手找我！」

伊利斯的口吻同樣充滿殺意。

面對火藥味十足的三人，宮成茜已經懶得再出手勸阻了，她腦海裡只有一個念頭——

煩死了，把他們三人統統壓入溫泉裡窒息算了！

宮成茜順著綠色的指示牌，來到一個岔路口前，她才知道冥羅督休閒度假農場的溫泉區有兩處不同屬性的溫泉。

「『咆哮溫泉』和『深紅溫泉』……這什麼奇怪的名稱啊！難道沒有正常點的溫泉嗎？」

宮成茜站在指示牌前氣憤不平地吼道。

但是念頭一轉，會不會只是名字取得比較怪異，作為攬客噱頭？對，搞不好就是這麼一回事！

心中再度燃起一絲希望，宮成茜相信自己沒有慘到這種地步。她堅定自己的信念後，隨便選了一處溫泉，踏出腳步就往那方向走了。

她所前往的溫泉，正是深紅溫泉。

沒走多久，宮成茜便聞到空氣中隱約飄散著鐵鏽味，看到遠處蒸氣氤氳。

對了，這就對了！她肯定來對地方了！

哼著輕鬆的旋律，宮成茜加快腳步往前頭走去。伊利斯和月森都還在後頭，紛紛出聲叫她別一個人衝太快。

宮成茜現在滿腦子只想快點見到期待已久的溫泉，認為自己不會有什麼危險，大不了拿出她的「破壞Ｆ４紅外線」將敵人統統貫穿消滅。

好不容易通過羊腸小徑，來到傳說中的深紅溫泉時，宮成茜瞬間宛如被施了石化咒。

「這是……哪門子的溫泉……」

宮成茜傻愣在溫泉入口處，嘴角頻頻抽搐。

「茜，我本來就想跟妳說了，其實深紅溫泉是……」

月森終於趕到宮成茜身旁，拍拍對方的肩膀，一臉默哀的神色。

「成茜，妳真的要有一個認知，在地獄裡，對任何事物都不要以人世常理看待……」

伊利斯也來到宮成茜的另一邊，拍了拍她的肩膀，一副深感遺憾的模樣。

「我……我為什麼這麼蠢！」

宮成茜欲哭無淚。她怎麼會愚蠢到懷抱希望，心心念念著泡湯！

——深紅溫泉，根本是烹煮活人的血紅色大鍋煮！

眼前的溫泉是一座沸騰的血池，顯然空氣中飄散的不是硫磺味，而是血腥味。旁邊的告示寫著：**生前傷人者，本池免費長久招待。一天洗三次，洗得你像紙一樣白帥帥。**

「這根本就是酷刑吧……沒事誰會來這種地方泡湯啊！」

宮成茜不禁無力地扶著額頭，更是有些快站不住腳。一旁的月森見狀，趕緊伸手扶住她。

「茜，沒事吧？」月森擔心地問道。

「怎麼會沒事……我的心靈受創啊……」

泡湯夢碎是其次，主要是宮成茜無法接受自己原來那麼傻，一心一意只想著泡溫泉，壓根忘了這裡是人見人怕的地獄。

「算了，當我自找苦吃，我們還是回去休息吧……」

正當宮成茜拖著疲累的身子，打算回房之際，伊利斯卻叫住了她：

「成茜，不然我們去咆哮溫泉看看呢？」

「咆哮溫泉……我看也是什麼常理不能判斷的鬼地方吧……」

受騙一次就夠了，宮成茜自認現在沒多餘心力再承受一次。

對，她就是玻璃心，聽到玻璃價格大漲的聲音了嗎？

「沒親眼看過怎麼知道？我記得之前這裡有分刑罰池和一般大眾池，如果沒記錯的話……」

一手托著下巴，抬起眼來，伊利斯試著在自己腦海裡翻找過去的記憶。

「真的嗎……」

宮成茜半信半疑，有些心動。想了一會後，她做出了決定：

「好，那就去咆哮溫泉看看吧！我就不信本姑娘泡不到湯！」

念頭一轉，宮成茜立刻轉向，走往與深紅溫泉反方向的咆哮溫泉，月森和伊利斯則快步地跟在後頭。

兩座溫泉之間的距離不算太遠。來到位於另一端的咆哮溫泉，宮成茜首先被從溫泉深處發出的吼叫聲嚇著。

「這是什麼鬼聲音啊！耳朵好痛！」

趕緊摀住雙耳，宮成茜面露痛苦的表情，眉頭皺得可以夾死一隻蚊子。

「這是咆哮溫泉的特色，平均每三十分鐘就會從溫泉深處發出咆哮聲，據說是被關在溫泉底下的惡鬼所發出……」

月森看著旁邊告示牌上的文字，向宮成茜解釋。

「什麼？溫泉底下關著惡鬼？這叫人怎麼進去泡湯？」

宮成茜不禁失望。

「不過，我想這應該只是傳說故事，冥羅督沒跟我說過這底下有關人，應該只是這座溫泉自身發出來的聲音吧。」

伊利斯走向前，看向這座冒著蒸蒸熱氣的溫泉，「撇開刺耳的聲音，這座溫泉還是可以讓人好好泡湯呀。成茜，妳覺得呢？」

「嗯，你這麼一說好像也是……」

宮成茜拄著下巴思索，認真地觀察眼前這座咆哮溫泉。雖然每三十分鐘就會聽到那懾人的吼叫，可是除此之外，這座溫泉也沒有其他駭人之處。

仔細斟酌一會後，宮成茜一彈指做出決定：

「那就下去泡湯吧！反正只要每三十分鐘忍耐一下就好！什麼都阻擋不了本姑娘想泡湯的心啦！」

「那麼，就照成茜的意思做吧。」

伊利斯點了點頭回應宮成茜。

一時間，宮成茜的心情立刻從谷底爬升回來。總算可以泡湯了，儘管是一座流傳著恐怖傳說的溫泉，但管他的！

她與高采烈地往下奔去，抵達咆哮溫泉的入口。入口處的擺設十分簡單，木製拉門上頭掛著一張牌子，歪歪扭扭地寫著「咆哮溫泉」。旁邊則放了一個木製的置物櫃，上頭擺著幾雙鞋子和雜物，大概是其他泡湯遊客的東西吧。

看起來還是有人敢進去泡……嗯，這下更沒問題了，宮成茜如此深信著。

不過問題來了，伊利斯和月森哥該不會也想跟著她進去泡吧？

如果她沒記錯的話，這是一座大眾池啊……

「咳，在進去泡湯之前，我想問問，你們兩位該不會也想一起泡湯吧？」

清了清喉嚨後，宮成茜認真地問向面前的兩名護花使者。

「這是大眾池，沒說男性不可進入吧？況且，為了要完善地保護妳，成茜，我必須隨妳入內，才能貼身保護。」

「說得這麼好聽，不過是想看我泡湯吧……」

雖然這麼說好像有點自抬身價，但依照過去的經驗來看，宮成茜只能這麼想了。

「伊利斯都這麼說了，身為茜的學長，我更是要隨同保護。」

月森的答案完全不出宮成茜意料，振振有詞地道。

宮成茜嘆口氣：「這裡是大眾池，我沒辦法要求你們別泡……不過，我話說在前頭，溫泉裡還有其他人，你們別想對我毛手毛腳！」

「意思是只要沒有其他人就可以了嗎？」

「月、月森哥，你什麼時候也會說這種話了？」宮成茜打了個寒顫，「啊——

好冷好冷，我得趕快去泡個熱呼呼的湯才行。」

搓著手臂，宮成茜轉頭往咆哮溫泉的入口拉門走去。伊利斯和月森彼此互看一眼，跟著一塊進入。

走進咆哮溫泉，宮成茜所見景象讓她更為放心了。想不到裡頭還有經過精心設計過的玄關、裝潢，更體貼地為客人準備好浴袍和換洗用具，富有日式溫泉的氣息。

真是令人意外啊……或許這家冥羅督休閒農場沒有想像中的糟糕。

一轉頭，宮成茜就見到貼在牆上的指示，分別寫著不同性別的更衣間和盥洗處。她回過身，對著後頭的兩名護花使者道：

「男生的更衣室在那邊，不許用保護我當藉口進入女生更衣室哦！」

宮成茜真心認為，只要她沒特別要求，這兩人搞不好真會光明磊落地隨她進入女子更衣室。

不行，為了守護其他女性同胞，她說什麼都要抵擋住這波入侵！

「其他女性就算裸體站在眼前我們也不會動搖，我們只是想守護妳而已。」

伊利斯板著那張無時無刻不嚴肅的臉，說出了讓宮成茜在心底大嘆此人恥度之高的話語。

「茜，我也是這麼認為，妳確定不讓我們跟進去？」

果不其然，月森也應和道。

「鬼才讓你們進去！聽好了，敢進女子更衣室的話——我就和你們絕交！」

使出殺手鐧，宮成茜大聲吼完直接衝進更衣室，用力地將門甩上。

被拉門隔絕在外頭的伊利斯與月森兩人面面相覷。

「月森，你知道成茜為什麼生氣嗎？」

「不清楚呢。茜的心思我真是越來越不懂了……」

有些委屈地摸著手腕上的保冷袋，月森一臉無辜地回應。

「真是的，那兩人的腦袋裡到底都裝了什麼啊？還是地獄待久了腦袋也會跟著變笨……」

宮成茜一邊換穿衣服，一邊低聲抱怨。難道她身邊都沒一個正常人嗎？雖然被保護的感覺很好，可是這已經到了過度保護且是非不分的程度了吧！

況且，她也沒弱到完全手無縛雞之力啊！

宮成茜一邊更衣，一邊觀察更衣室。這裡空間寬敞，沒有其他人，但顯見之前有人使用過的痕跡。地面上有些水漬，空氣中還殘留著一點氤氳和香氣。宮成茜心想果然是女子更衣室和沐浴間，氣氛讓她覺得自在許多。

墜入地獄這段期間，和眾多男性長時間相處，更因為活人體質所散發出來的獨特氣味，引發了不少讓她臉紅心跳又困擾的性騷擾。在地獄裡唯一認識的女性，居然只有憎恨自己的杞靈……想想真是有點辛酸。

原來自己這麼不得同性緣嗎……宮成茜不禁嘆了一口氣。

匆匆沐浴完畢，宮成茜掀開簾子踏進大眾池。

「啊，終於可以好好清靜一下泡個湯……咦？」

宮成茜本來正想要好好鬆懈下來，享受溫泉的熱度與療癒，沒想到剛踏進大眾池，就赫然見到她最不想看到的景象。

「為什麼——月森哥和伊利斯會在這裡啊！」

氣憤地雙拳緊握用力大喊，宮成茜的聲音彷彿響徹雲霄。

「問我們為什麼在這裡……這是男女混浴的大眾池啊，成茜，妳怎麼會問這種用膝蓋想也知道的問題呢？」

伊利斯眉頭微蹙，顯然很不能理解宮成茜的訝異。

「我當然會吃驚啊！」宮成茜抓緊胸前的浴巾：「你們剛剛不是還在外頭嗎？我可是為了避開你們自己先偷偷溜進來的……」

「原來茜這麼想要避開我們啊……真是意外又有些難過，想不到茜是這樣看待我們……」

「欸！那、那個，話也不是這麼說……」

「沒關係的，茜，我的心眼沒這麼小，對茜我一定給予最大的包容。」

月森浸泡在溫暖的泉水中，臉上滿是蒸氣凝結的小水珠，用著平常一貫如冰山的神情道。

「月森哥，你說肉麻話的能力越來越高超了……怎麼可以如此臉不紅氣不喘啊。」

或許對一般女人來說這種話很能打中芳心，但她可是宮成茜，這種臺詞自己也常常寫進小說裡，早就習慣了。

「真巧，我也和月森一樣，就讓我們守護妳到底吧。就算妳想逃避，也無法阻止我們的決心。」

「嗚哇，感覺就像被兩個跟蹤狂追著跑一樣……」

聽了伊利斯的話後，宮成茜從腳底竄上一陣寒意。

「算了，反正我也沒有其他方法可以解決這種局面，你們想怎樣就怎樣吧！但是，不准騷擾我，聽到了沒有！」

下達最後通牒，宮成茜看著那兩人像小狗般乖順地點頭，便刻意地挑了一個距離兩人較遠的地方，走下池子，讓身體從腳踝慢慢泡進溫熱的水裡。

嘩啦嘩啦的水聲，聽在宮成茜耳裡相當有舒緩效果。就算待會可能必須忍受自溫泉底部發出的咆哮聲，但為了這難得的溫泉，她忍！

「啊……真是舒服……」

全身泡進溫泉池水中的當下，宮成茜頓覺身心都得到了療癒和解放。溫熱的溫泉水瀰散著一股硫磺味，氤氳的白色蒸氣靄靄上升，宮成茜有種此時並非身處地獄的夢幻美好感。沒錯，就是足以讓她忘卻一切煩惱的感覺！

如果在地獄裡每天都能享受到這種美好的溫泉，那她還真有點不想回去人世了啊……不行，不能有這種頹廢的想法，她宮成茜不是廢柴！

她的靈感！

她的創作！

為了這些，她必須繼續努力往地獄的最深處前進才行！

只是在繼續旅程前，她還是要好好享受一下這短暫的泡湯時光，同時祈禱隨同她而來的那兩人千萬別再惹事。

宮成茜觀望了一下四周，一切看起來就像人世的溫泉景觀。雖然是大眾池，客人卻不多，只有三三兩兩泡湯客同在其中。那些客人從外表上難以判斷性別，因為其中一名是柴犬，另一名則是一隻橘貓……這讓宮成茜想起當初在宅急便公司看到的那名接待貓小姐。

也是呢，就算是柴犬和貓咪，工作之餘偶爾也要泡湯好好溫暖身心啊。

看著那兩名客人，宮成茜的內心更覺得治癒……好可愛啊，柴犬和橘貓。

這麼想時，在另一端泡湯的柴犬和橘貓客人忽然站起身——

這是什麼回事！

為什麼柴犬和橘貓的脖子以下，連接的是強壯過頭的健美先生身軀啊！

「怕！這個我好怕！不要侵略我的眼睛啊啊啊！」

這裡果然是地獄，只有地獄裡才會出現如此崩壞的生物吧！

宮成茜驚魂未定，一手摀在自己的胸口上，微微喘著氣，決定轉移陣地。本來想離月森哥和伊利斯遠一點，但這兩隻橘色生物還待在這裡……沒錯，她已不願意再稱那兩隻生物為柴犬和橘貓！

「哦，成茜妳怎麼過來了？」

見宮成茜往這邊靠過來，伊利斯眉頭微挑，有些意外地問道。

「我不忍再看柴犬和橘貓崩壞成那樣……」

宮成茜低著頭，回應伊利斯的問題。

她也很不想走過來，但為了逃離傷眼的畫面，只好選擇增加被騷擾的機會啊！

「茜，既然過來了，不如來我身邊，讓我們好好沉醉在溫泉池中，回憶當年……」

「不用了，月森哥，我只想一個人好好靜一靜。」

太靠近那兩人，只會陷入另一場無止境的騷擾。

哼哼，月森哥，你是騙不了我的！

「是嗎……那還真是可惜了，難得我邀請茜來單純聊個天……」

月森的眼簾低垂，似乎若有所思。

「既然成茜拒絕了紳士的邀約……那就只剩下一條路了。」伊利斯望向宮成茜。

「什麼路啊？」宮成茜嚥了嚥口水，腦中警鈴大響。

「聽過一句俗語，叫做『敬酒不吃，吃罰酒』嗎？」

伊利斯湊到宮成茜的身邊，那張本就充滿壓迫感的俊俏臉孔逼近自己，同時壓低嗓音。

「等等，你的意思是……」

不妙。

大大不妙。

宮成茜此刻非常明白伊利斯打的主意是什麼！

她反射性地退後，本能告訴她如果太過靠近對方，肯定會出事……然而，她心裡也很清楚，自己再怎麼後退，似乎也無法逃出伊利斯的手掌心。

伊利斯伸出一手擋住她的去路，嘴角挑起一抹危險的弧度：

「既然妳不想和月森純聊天，那就和我來場肉體的親密交流吧？」

「鬼才要和你肉體交流！」

宮成茜用力地試圖推開對方，只是這樣的反抗顯然無法奏效，伊利斯那壯碩黝黑的身軀仍擋在她面前。

「就算妳這麼說，我也不會讓妳走的。」

伊利斯壓低嗓音，危險指數瞬間倍增。

他的另一手正準備挑起宮成茜的下巴時，突然從旁被人抓住。

「月森哥？」

宮成茜轉頭一看，出手阻止伊利斯之人正是月森。

「住手。」月森板著一如既往的冰山面孔，對著伊利斯道：「茜不喜歡你這樣做。」

月森緊緊地抓住伊利斯的手，散發著冷冽的氣息。

「月森哥……」

宮成茜心裡湧上一股溫暖。

果然，這群人裡面最值得信任的就是月森哥。相較於惡魔伊利斯、另一名同為惡魔的阿斯莫德，以及有些半吊子的天師姚崇淵……她真心覺得能夠信賴的對象只有月森哥。

過去就認識、來往，曾經彼此相偎的月森。

「我改變主意了，月森哥。」宮成茜話鋒一轉，「我突然想找你敘舊了，決定接受你的邀約。」

「茜……」

月森看到宮成茜對自己綻放出微笑，不禁有些愣住。儘管外表如冰山，他的內心也因這抹笑而暖化。

「是嗎……原來我成了月森的踏腳石啊……」

伊利斯嘆了一口氣，鬆開原先擋住宮成茜去路的另一隻手，「我也不是那種獨斷的男人，既然成茜都開口了，我就成人之美吧。不過，你們別忘了，冥羅督說過這一帶有搶匪，你們兩位就算在旁聊天也得提高警覺，明白嗎？」

「我會注意的，伊利斯。有我在，不會讓茜出半點差池。」

月森向伊利斯點了點頭後，就和宮成茜一起走到一旁較無人打擾的地方，繼續泡在溫熱的池水中。

第六章

冰山背後的真相

Tuning Demon Project

「茜，妳說想和我敘舊……是想談些什麼嗎？」

光裸的背部靠在岸邊石頭上，月森問向身旁的宮成茜。

「也沒什麼特別想說的啦！只是隨便找個話題，不然剛才那種情況，伊利斯不會放我走吧。」

宮成茜聳肩回應。

「的確，但是只要有我在，我絕對不會讓伊利斯強迫妳做任何妳不願意的事。」

月森面向宮成茜，水藍色的髮絲沾染些許晶瑩水珠，金色的眸子認真且鋒芒熠熠地注視著她。

「我了解妳……比起任何人都還要了解妳，茜。」

冰冷中帶點溫柔的聲調，如冬日暖陽，流洩進宮成茜的心窗。

在這麼一瞬間，宮成茜忽然有種被動搖的感覺。

月森哥的話語乍聽平淡，好似船過水無痕，卻默默地一直存在她心中深處。宮成茜想起過去與他相處的種種一切，過往的跑馬燈迅速地在她腦海裡閃過。

本來的確沒打算敘舊的……但現在她有這樣的想法了。

對於月森哥，她確實還有很多事情不夠了解，就像當年月森哥留給她的謎。

乾脆趁這個時機，將過去想求解的問題問出口吧！

「月森哥，我知道你很了解我……相較之下，我對你還不夠了解。」

宮成茜深吸一口氣：「我……想更了解月森哥。」

月森愣了愣，完全沒料想到宮成茜竟會對自己說出這樣的話。

他一直以為，只要自己單方面地了解宮成茜就夠了，從不奢望對方能夠了解自己……

對月森而言，宮成茜當下這番話，無疑是最大的鼓勵與刺激。

此時此刻，月森的心正掀起一波又一波的濤天巨浪。

因為宮成茜的一席話，以及凝視自己的認真眼神，月森幾乎快要被自己澎湃的情感淹沒。

他用力地深呼吸，強制自己維持冰山般的模樣。

不能讓情感浮出水面，因為他怕一旦沒有控制好，自己長期以來壓抑的情感就會沖破最後的理智。

他絕對不要再傷害茜……絕對不要成為自己口中強迫茜的那種人！

月森握緊雙拳，壓抑著快要爆發的情欲。反正他最擅長用冰山的假面面對世人，那就讓他一直強忍到底吧。

無論如何，就算壓抑得再怎麼難受，也絕不要再傷害茜了！

宮成茜絲毫沒有注意到月森的忍耐之苦，繼續原本的話題：

「月森哥，其實有個問題，擱在我心中很久了……打從你辭世以後，我便常常想起……直到見到你，那個問題更頻繁地出現在我腦中，只是我不知道到底該不該提。」

宮成茜認真地望著面前的男人，正色地道。

「妳都說到這種程度了，茜，就直接問我吧。妳不是說想要了解我嗎？對我毫無疑問，才是真的了解。」

月森同樣直接地回應：「茜，妳想問的，是關於我生前與家中的關係……對吧？」

月森的話一出口，宮成茜便感受到一絲凝重與緊繃的氣息。

「果然……還是被月森哥看出來了嗎……」

嚥了嚥口水，宮成茜點頭。

「妳想知道什麼，我大抵有個苗頭……所以，妳還是開門見山地問吧，茜。畢竟，那都是生前的事了，如今的我已成為地獄裡一縷幽魂，生前的種種都如過眼雲煙，本該釋懷，更沒什麼不好講。」

這番話雖說得坦然，可是宮成茜仍敏銳地察覺到，其實月森哥並沒有像自己所說那般釋懷。

是否真要開口挖月森哥的隱私？總覺得會將對方最不願展露的瘡疤揭開……不知月森哥是否真能承受這樣的痛。

但月森哥都答應她可以提問了，若不趁機把長年積壓在她心底的疑問問出，更待何時？

憑著這股衝動，宮成茜鼓足勇氣，再度深吸一口氣，終於開口將問題拋出：

「我想知道，像月森哥這樣的人——為何會下地獄？又為何你的牌位無法放在自己家中？」

月森哥早逝，當年的一場意外讓他提前離開了人世。

當時住在附近的宮成茜，曾想去月森家中祭拜，卻遭月森的父親拒絕而不得其門而入。

後來輾轉打聽到，原來月森的父親根本沒有替自己兒子設立靈堂。將月森的後世草草處理完畢後，也未設牌位祭拜。

宮成茜難以置信，天底下怎會有父親這般對兒子？

宮成茜雖然很想知道答案，可是從此之後再也沒有和月森家有所來往，後來她隨家人搬離原本住處，這個謎題便停留在宮成茜心中。

被拉入地獄之後，宮成茜相當意外為何會此處見到月森哥。

她認識的月森哥人品高尚，心地善良，怎麼想都不像是會被打入地獄的類型。因此她心中的疑問又多了一個。

終於可以弄清楚多年來的疑惑，宮成茜此刻的心情既興奮又緊張。她直視著月森的雙眼，等待對方的答案。

「茜，妳提的這兩個問題，其實都是同一件事情引起的結果。」

雖說沒讓宮成茜等太久，月森還是躊躇了一下才開口回應。

宮成茜不禁歪著頭，一臉納悶地問：「同一件事情？意思是你沒有受到祭拜和墮入地獄有關？」

不是有人說，如果沒有好好供養亡者，亡者就會居無定所，只能流離在地獄冥府之中？

不過……就目前月森哥的狀態來看，好像也不是這麼一回事啊。

「茜，在回答這些問題之前，我必須告訴妳一件關於我的私事。雖然以現在的身分來看，那些都不重要了。但既然妳想了解我，想得到那兩個問題的答案，我還是跟妳說吧。」

月森挪動了一下身體，移到附近的岩石上坐下，赤裸的上半身毫無遮掩地映入宮成茜眼簾。

月森的胸膛雖沒有伊利斯厚實，卻也不瘦弱，偏向精實。

而伊利斯的膚色較黑，月森的膚色相較之下非常雪白，和他冰山王子的形象十分搭配。

除此之外，或許是天生條件好，月森的肌膚看起來十分柔滑……讓宮成茜都不禁興起了一點想要觸摸對方的歪主意。

不行！

現在，她要將焦點放在月森即將告知的事情上，而不是打歪腦筋！

「請說，我洗耳恭聽，月森哥。」

宮成茜吞下一口口水，向對方點了點頭。

月森又踟躕了好一會後才緩緩地道：「其實……茜，我並非我父親承認的兒子。」

「啊？什麼意思？」宮成茜的腦海立刻跳出許多問號：「不是兒子……難道你其實是偽娘？」

月森的臉瞬間石化，接著斬釘截鐵地答：

「茜，妳可以自己親手確認一下。」

「呃，不用了，我想也是，你怎麼可能是偽娘……不過，那你為什麼說你不是父親承認的兒子啊？」

困惑地眨了眨眼，宮成茜心裡的疑問更深了。

月森準備回答的時候，震耳欲聾的吼聲從水底下發出，一時間兩人都趕緊摀住雙耳減少衝擊。

可惡，怎麼在這時候剛好發出咆哮呢？

焦慮的感覺在宮成茜胸口內蔓延，她甚至一度擔心月森被打斷後會收回承諾，不打算說下去了。

懾人的咆哮聲過後，溫泉再度恢復平靜，只有水聲環繞在他倆周圍。宮成茜再次回望月森，心想如果月森不打算說下去，她也不會多說什麼。

而她，只不過打著想要更深入了解月森哥的旗號，開口挖人隱私。

才剛做了這個決定，月森便又開口：

「茜，我想妳誤會了。我的意思是指，我並非父親在檯面上承認的兒子。」

月森又做足一次深呼吸，「換句話說——我是父親的私生子。」

「私生子！」

宮成茜訝然地睜大雙眼，完全沒料到自己竟會得到這個答覆。

月森哥向自己吐露如此驚人的祕密，是她做夢都沒想到的，聽到的當下更是有些不知所措。

她該怎麼回應才好？

她該如何接話，才不會讓對方更加難堪？

啊，換做是以前的自己，真不會替別人著想這麼多，更別說顧及對方的內心是否會因此受傷。

在了解月森的同時，宮成茜也不經意地更加了解自己，了解自己來到地獄後原來有那麼多微妙的轉變。

或許是發現宮成茜一時間沒有任何回應，月森這回主動開口：

「茜，妳用不著這般小心翼翼。我說過，這些都是過去的事、過去的身分以及過去的我。更何況，妳並沒有強迫我，是我自願告訴妳的。」

月森伸出手拍了拍宮成茜的頭，「茜，我沒有妳想像中那般脆弱。」

「月森哥……」

宮成茜注視著前方摸著自己頭的男人，起先有些腦袋空白，接著搖了搖頭，轉而認真地看著對方、微張著嘴好似準備發問。

看著這副模樣的宮成茜，月森不禁莞爾，好像蠢蠢欲動的貓咪，想要對他撲上來問些什麼卻又在醞釀準備。

不行，茜實在太惹人憐愛了——

比起自己的身世，他現在其實更將注意力放在茜的身上，欣賞著她那副討喜的臉龐和神韻。

「咳，月森哥，這就是你被父親排斥的原因？」

宮成茜想了好久，思考著到底要怎麼問比較好，最後還是用最直接的方式問出口了。

月森微微一笑，笑容中卻帶著一點無奈，他嘆口氣：

「這是最主要的原因，但實際上也和我當時的作為有關。」

「當時的作為？月森哥，你做了什麼惹惱你爸爸的事嗎？」

宮成茜歪著頭，納悶地問道。

「可以這麼說吧……我確實做出讓父親相當生氣的事情。」

月森眼簾低垂，好似遙想起當年的種種。

「月森哥，如果你願意說，我會好好傾聽的。無論你想講的是什麼，哪怕想宣洩情緒，我都願意聆聽！」

宮成茜突然將泡在水底下的手伸出來，一把握住月森的手，認真且誠懇地道。

月森冰山般的俊美容顏忍不住淺淺一笑，搖了搖頭：

「茜，我說過，妳真的不需要對我如此小心翼翼，我不是易碎的玻璃。況且，我好歹也是一個男人——」

月森嘴角的笑意摻雜一點苦澀，宮成茜意識到這點後趕緊抽回手，有些不好意思地說：

「啊，也、也是啦！我怎麼把月森哥想得這麼柔弱啊！」

撓了撓自己的後腦勺，宮成茜顯得一臉尷尬。

「我想成為守護妳的存在，不許妳再把我想成那樣了，茜。」

「知道了啦！你怎麼每次都能臉不紅氣不喘地說這種令人害臊的話……」

微微低下頭，宮成茜的兩頰泛紅，聲音也悶悶的。

看到這副模樣的宮成茜，月森再次強忍心中那股想直呼「茜好可愛」的心情，轉而岔開話題：「妳不是想知道我做了什麼讓父親生氣嗎？」

「噢，對！月森哥你究竟做了什麼啊？」

「這件事，就說來話長了……」

月森將雙手撐在後頭的岩石上，對著一臉好奇的宮成茜娓娓道來……

住在宮成茜隔壁的月森，在外人眼中是名有錢人家的少爺……實際上卻不如表面風光，他是以私生子的身分被迎回本家。

月森無意間得知自己生母的下落，才知道原來出身低下的母親和妹妹在外相依為命。月森時常默默關心她們，知道她們辛苦地靠著經營麵攤的錢買下一間房子，當時這個地段還不是黃金商業區。

母親和妹妹的辛勞，以及從父親那邊所受到的不平等待遇，月森皆看在眼底，偶爾會以各種不同方式送錢或給予工作機會、照顧她們。對他而言，這是身為兒子的自己唯一能做的事。

「原來月森哥的母親和妹妹竟是如此遭遇……」

聽到這裡，宮成茜不禁唏噓。

月森沒有針對她的話多做回應，接下來又道：

「後來土地重劃，母親那間房子恰好位在重點開發區，當時有不少人想從母親手中買下這間房子。」

「那麼你母親的回應是？」宮成茜問道。

「這間房是她以血汗換來的成果，好不容易有個安穩的家，所以母親堅決不賣。」

「我想也是，換做是我，這麼辛苦才得到的東西，才不要為了貪那些錢而賣出去呢。」

聽了月森的話後，宮成茜贊同地連連點頭。

月森又繼續說下去，他告訴宮成茜，母親雖然鐵了心不出售房子，然而有心人、仲介不斷祭出各種惡毒手段。

月森眼睜睜看著母親和妹妹含淚被迫將屋子以非常低廉的價格轉賣，最後流離失所、失去音訊。

「那份無能為力的痛苦……即使事隔多年，我也不在人世，回想起來仍記憶猶新……」

閉上雙眼，月森眉頭微蹙，胸口微微發疼，為了他生前無法幫助的親人而難受。

宮成茜這回沒有出聲，她湊近對方，將自己的手臂與對方相貼著，彷彿透過體溫以及這種相連的親密距離，傳達一個訊息給月森。

——你不是一個人，那也並非你的錯。

雖然宮成茜沒有說出口，可是月森確實感受到了這份意念。

「謝謝妳，茜……妳真是越來越溫柔了呢……」

「什麼啊，別又說這種話了啦，真是的……話說回來，該不會就是因為你之前偷偷幫助自己的母親與妹妹，被大小眼又心胸狹隘的父親發現了，於是就這般對待你吧？」

宮成茜自行推斷道。

答案也不出宮成茜所想，月森點了點頭答：

「的確是這樣沒錯，茜真是冰雪聰明。」

「夠了夠了，不要一下說我溫柔，一下又說我冰雪聰明，我的雞皮疙瘩都冒出來。」

宮成茜打了個寒顫。

她本來就不是喜歡聽男人講甜言蜜語的類型，在這種情況下，她更不習慣聽月森的連續攻擊。

「私生子的身分，加上你的作為，才讓父親如此待你啊……我總算解開當年的一個謎了。」

宮成茜又問：「那麼月森哥為何會下地獄呢……這個問題還在等你答覆呢。」

原來，當時月森的死因，正是某一日為了協助母親而不小心被貨車撞上，死於非命。

死後，月森對這場意外以及無法幫助到母親一事，懷有恨意與執念，因而被判墮入地獄，又由於罪責不大便留在冥河彼岸。

「難怪我會在冥河彼岸前遇到你……原來是這麼一回事啊……」

宮成茜有些了然地眨了眨眼。

「既然茜已經了解到這種程度，我想另一件事也可以讓妳知道了。」

「什麼事？」宮成茜納悶地抬起頭來看向對方。

「其實我也曾掙扎過要不要跟妳坦白這件事……但如今妳明白了緣由，應該能夠原諒我吧。」

「原諒你？月森哥你在說什麼啊？」

月森的話讓宮成茜訝異地皺起眉頭。

「茜，妳還記得當初我第一次在地獄和妳見面時，說了什麼嗎？」

「我想想……你跟我說要當我的保護者？」

眉頭深鎖，用力地回想了一會，宮成茜這才以不確定的口吻回應月森。

「沒錯，當時我是跟茜說了這件事，但妳還記得關於這件事的另一句話嗎？」

「月森哥，你這是在考驗我的記憶力嗎？這麼久以前的事，我怎麼記得起細節啊！」

乾脆直接放棄回想，宮成茜聳了聳肩。

「好吧，當時的我和妳提到，我是接受路西法大人的委託保護妳，對吧？」

「喔，你這麼一說我想起來了，確實有講這句話沒錯，怎麼了嗎？」

經過月森一提醒，宮成茜立刻就想起這句話的存在。

月森臉色一暗，好似有些話不知該如何啟齒，猶豫一會後才緩緩吐露：

「實際上……那是和路西法大人交易的結果。」

「交易的結果？」

對宮成茜而言又是一個新的問題。為何這次的對話充滿了各種新謎題啊。

「茜，其實是這樣的——路西法大人向我承諾，只要護送妳抵達地獄最深處，路西法大人將以惡魔之力，施予我尚在人世的母親和妹妹財富與安定。」

月森終於把這件事說出口，同時也做好了心理準備。宮成茜可能會因此生自己的氣，但他認為現在也是該把話說出口的時候了。

雖然必須承受宮成茜的反感，月森認為這樣對她而言才是公平的……不，打從一開始就是對茜不公平，現在只是給自己一個認罪的機會罷了。

月森已經做好被宮成茜指責的準備。

宮成茜甫張口，此時溫泉底部再度傳來震天價響的咆哮聲。

月森見宮成茜的雙唇微微顫動，好像在說些什麼，只是被這不恰巧的溫泉咆哮遮蔽了。

好不容易等這聲吼叫結束，月森正要開口詢問宮成茜到底說了什麼，伊利斯卻突然一臉凝重地來到他們面前。

「成茜，月森，我們必須離開這裡了。」

第七章

人馬的突襲

Tuning Demon Project

「伊利斯，發生什麼事了？」

宮成茜的注意力很自然地就被伊利斯拉去。

在這種情況之下，月森當然不好再提剛才的話題，轉而關注伊利斯的話語。

「剛剛冥羅督跑來溫泉區通知，附近疑似又發現那名搶匪的蹤跡。」

板著一張嚴肅臉孔，伊利斯向宮成茜與月森宣布答案。

「搶匪？你是說搶匪正在附近出沒？這可不行，我得趕快去換衣服，不能再泡下去了！」

宮成茜趕緊拉緊身上的浴巾、站起身就往岸邊前進。她前腳才踏上岸，空中赫然出現一群黑色烏鴉！

「這、這些討人厭的烏鴉是從哪裡來的！」

鴉群往下俯衝，胡亂地衝撞溫泉區的人們，宮成茜只能慌忙揮開不斷朝自己飛來的鳥群。同一時間，又有另一道莫名的聲音闖進——這次是達達的馬蹄聲！

「又是鳥又是馬？這到底是怎麼一回事啊！」

「茜，我來幫妳！」

一旁的月森正要出手幫助宮成茜之際，一枝箭忽地破空射來，硬生生隔開月森和宮成茜兩人。

「統統別動！再動，我就拉弓了！」

一道陌生卻意外年輕的男性嗓音傳了進來。宮成茜等人眼前盡是擾人視線的烏鴉大軍，看不清發話者。

月森趕緊暫停動作，一旁的伊利斯也是，就怕輕舉妄動之下，對方會傷了宮成茜。

「我來這裡就是為了搶奪東西，而現在我看中了一樣——」

赫然，一道身影快速地闖進烏鴉大軍之中，奔向宮成茜所在。

「哇啊！」

宮成茜感覺自己被人一把撈起，身體瞬間騰空，一隻強而有力的手抓住了她的腰。

「茜！」

「成茜！」

月森和伊利斯大喊。

「月森哥——伊利斯——」

宮成茜被不明人士托著身子飛起，她伸長脖子，對著底下的兩人求救。

但下一秒她的後頸一痛，暈了過去。

「頭好痛……」

宮成茜清醒過來，緩緩起身，先確認一下自己是否還活著，雖說不管死了還是活著都身處地獄。確認自己還是個活人後，下一步就是環顧四周。

「這裡到底是什麼地方啊……」宮成茜喃喃自語。

她這時才意識到一件事。

——為什麼她身上的衣著完全變了個樣！

她記得自己是在咆哮溫泉被擄走的，當時身上應該只裹著一條白色浴巾……那麼，現在身上這件看起來很像押寨夫人的黑色羽毛洋裝，又是誰替她穿上的？

低頭看一下自己身上的衣著，感覺自己穿起來就像是灰姑娘裡面的黑皇后，只是沒那麼霸氣與雍容，倒是多了點可笑。

該不會是把自己抓來的那個男人幫自己換裝吧？

天啊！很有可能！

光是想到這裡，宮成茜頓時起了一陣雞皮疙瘩。她心一橫，不管怎樣，只要待會看到有人接近自己，絕對要拿出她的「破壞F4紅外線」先發制人再說！

但在這之前，還是先看看能不能逃出去……

如果可以，宮成茜當然不想直接和人衝突，畢竟沒有摸清對方的底細與能耐，要是再遇到一個像別西卜那樣的天王級惡魔，她絕對沒有勝算。

她站起身，一身黑色羽毛縫製而成的長禮服後襬迤地，胸前剪裁則是深V，將她渾圓的雙峰突顯得更為動人。

她不禁自豪，雖然這件衣服對以前常常接觸昂貴衣物的自己來說，做工略顯粗糙，但穿在她身上就是能額外加分。

不過，現在可不是孤芳自賞的時候，宮成茜知道必須想辦法逃脫！

首先，宮成茜注意到自己身處的地方，是一間看起來相當簡陋的水泥屋，處處可見斑駁的痕跡，屋頂似乎還漏水。

沒有窗戶，因此無法判斷小屋到底坐落在何處，宮成茜只覺得這裡比起冥羅督農場還冷，空氣中瀰漫著一股青草的味道。

這裡到底是什麼鬼地方？宮成茜踮起腳尖，盡可能不發出聲音地往門外走去。這裡的構造很簡單，就是一間空房，什麼都沒有，只有一扇門。

雖然四下無人，但當初抓她來的人應該也不會走遠。儘管如此，宮成茜還是豁出去地打開門一看。

「唰」的一聲，宮成茜推開薄薄的木板門扉，眼前所見立刻讓她傻眼。

「這算什麼啊！」

宮成茜驚呼出聲。因為映入眼簾之中的景象，竟是一條又大又深的壕溝！

這條像弓一樣彎曲的寬闊壕溝，隔開了屋子與外界的連結。也就是說，若宮成茜想逃離這裡，就必須先想辦法越過那道壕溝。

這條壕溝就像護城河般，對她來說要通過這條壕溝相當吃力。

「現在怎麼辦啊……試著走下去嗎……」

正當宮成茜困擾地思考時，她看見壕溝中有一道奇特的身影在快速地穿梭。她揉了揉眼睛，一度以為自己看錯了。對方的身形實在太特別，不過在地獄裡的確什麼物種都有可能出現。

宮成茜睜大眼睛看著底下奔跑的身影，那是一個半人半馬的怪物，拿著弓箭，彷彿打獵般不停在壕溝之中來回搜尋。

「那種生物……該叫做人馬嗎？等等，他手裡拿著弓箭，該不會就是把我抓來這裡的那傢伙吧！」

馬上聯想起當初被擄的經過，宮成茜不由驚呼道。對方聽到她的聲音，迅速地以那強壯的馬蹄輕而易舉地攀登上壕溝，來到宮成茜的面前。

「黛安妮拉，妳出來做什麼？沒經過我的允許不能離開房子！」

人馬衝到宮成茜前頭，一肩揹著裝滿弓箭的袋子，面色微慍地對著宮成茜道。

「啊？你是在跟我講話嗎？」宮成茜一愣。

「我當然是和妳說話，黛安妮拉。」

人馬斬釘截鐵地回應，凜冽的眼神俯瞰著宮成茜。

這頭人馬比起一般人類還要高大許多，宮成茜不得不微微抬起頭來觀察對方。人馬有著一頭如月光般銀白的長髮，又尖又長的雙耳，俊俏的臉蛋蓄著些許鬍碴、帶點頹廢氣息，結實的上半身未著寸縷，每一吋肌肉都看得清清楚楚，下半身則連接壯碩的駿馬身體，四隻腿的肌肉線條強而有力，宮成茜絕對不會想貿然靠近被他踢死。

宮成茜不禁心想，為什麼來到地獄後接近自己的都是俊男帥哥？她都懷疑自己是什麼乙女向遊戲女主角了。

不過比起這點，她更想知道眼前這傢伙到底想對自己做些什麼，黛安妮拉這個名字的背後又有什麼意義。

「別太在意，這頭呆馬把妳當成黛安妮拉了，嘎。」

「是誰！是誰在說話！」

突然聽到另一道聲音闖進，宮成茜驚呼出聲。

「這裡啦，這裡，尼索斯的肩膀上啦，嘎！」

「尼索斯的肩膀上……啊！」

四下別無其他人，尼索斯指的應該就是眼前這頭人馬。往人馬的右側肩膀一看，宮成茜著實又吃了一驚，因為不知何時上頭站了一隻黑色烏鴉！

「烏鴉居然會說人話……地獄裡還真是無奇不有！」

宮成茜愣愣地看著那隻正在整理羽毛的烏鴉。

「真是失禮的人類，嘎。尼索斯，你把這女人擄來做什麼？跟你說過多少次了她不是黛安妮拉！」

烏鴉轉過頭去一邊說，一邊啄了啄名為尼索斯的人馬側臉。

「基龍，你胡說，能讓我一見鍾情的女人就只有黛安妮拉。」

「尼索斯，你腦袋有洞嗎？有病不要放棄治療，嘎。你去打劫一次，什麼都沒帶回來，只給我擄這個女人回來，有用嗎？還有她到底哪裡像黛安妮拉？吃我一記啄殺！」

被稱為基龍的黑烏鴉毫不客氣，狠狠地重啄尼索斯的臉頰。

「痛……就算她長得不像，肯定也是黛安妮拉的轉世！」

「嘎？我看我啄殘你的腦袋好了，看看能不能醒醒腦！」

基龍又是幾次怒啄。尼索斯的臉頰都快被啄出血來了啊……

不過宮成茜覺得放心一些了。看來，把她擄來的綁匪智商好像不怎麼高啊，雖然外表和手持武器的模樣讓人有些害怕，但她的直覺告訴自己，短時間這人應該不會對自己怎樣。

反倒是這一人馬一烏鴉的組合，吵起嘴來逗趣可愛，真像是在說相聲呢。

「咳，兩位，你們想要怎麼打情罵俏都無所謂，跨種族跨性別的愛我完全支持，只是有件事我必須說——我不叫黛安妮拉，我叫宮成茜。」

清了清喉嚨，宮成茜正式地報上名字。

「黛安妮拉，妳必須立刻回去那個房間，現在妳是我搶來的所有物，必須聽話。」

顯然，尼索斯一點也沒把宮成茜的話聽進耳裡。宮成茜感到有股怒氣在心中醞釀，什麼叫做他的所有物？什麼叫做必須聽話？

鬼才必須聽你的話！

宮成茜差點想拿出「破壞F4紅外線」，直接一把轟掉眼前這頭根本無法溝通的人馬。但是，這種不分青紅皂白就先打人的事，謹慎如宮成茜可做不來。

她忍住怒氣，壓低嗓音對著眼前的尼索斯告誡：

「無論你把我視為何物，我的同伴一定會找到我並將你消滅！」

聽到宮成茜這麼說，尼索斯和基龍互看一眼後，兩人（？）同時轉過頭來看向她。

基龍開口：「還是把她抓起來關回去吧，嘎。」

「嗯，請不動她就只能這麼做了。」

尼索斯點了點頭，移動馬蹄往前靠近宮成茜。

「你、你要幹嘛！」

宮成茜反射地往後退，但沒退幾步就到了壕溝的邊緣。

「別動，黛安妮拉，再動妳會摔死的，我不會再讓妳消失在我面前了。」

尼索斯一把攬住宮成茜的腰，在宮成茜反應不及之際，一瞬間就拎起她、拋到自己馬背上。

「你做什麼！快放我下來！」

宮成茜猛烈捶打對方的背部，她真覺自己像個丟到馬背上的貨物一樣。

然而對方根本不理會宮成茜的拳打腳踢與抗議，直接往回房的方向走去。

「放開我！信不信老娘等一下轟掉這間破房子！喂，你這頭笨馬，快放我下去！」

宮成茜不停掙扎大叫。

基龍飛到半空中，對著尼索斯道：「尼索斯，擄了個這麼煩人的戰利品回來，你會後悔的，嘎。」

「廢話少說，基龍，你不懂黛安妮拉對我有多重要……我絕不會再讓任何男人碰她，尤其是海克力斯那個混帳。」

達達的馬蹄聲自尼索斯的腳底下響起，他神情堅決。

他當初不惜落入地獄，也要讓那萬惡的男人得到懲罰……就是為了黛安妮拉！

宮成茜現在根本沒心思去在意對方所說種種，只想著到底該如何逃離這裡、逃離這頭該死的笨人馬。

被帶回原先的破舊矮平房，宮成茜又被丟在室內，而尼索斯也沒再出門，似乎是為了監視宮成茜。

宮成茜一直處在警戒狀態，觀察著尼索斯和基龍這對一人馬一烏鴉的組合。原以為他們會對自己做什麼，只是隨時間的流逝，什麼事也沒發生。

所以，尼索斯真的只是將自己當成黛安妮拉，一種收藏前愛人的概念嗎？

「喂，你抓我來這裡，真的只是把我當成黛安妮拉的替代品嗎？還是另有目的？該不會是別西卜派你來抓我的？」

宮成茜眉頭一皺，狐疑地問向前頭正倒水喝的尼索斯。

這裡的空間不算太大，「人高馬大」的尼索斯一邁開步伐，顯得更加狹窄。

對了，她也發現這傢伙的屋裡沒有半張椅子！

自己正坐在一張毯子上，看起來也使用了好久，都起毛球了。

屋內擺設的物品相當少，除了簡單的桌子和冰箱，幾乎沒有其他家具存在。宮成茜猜想，這大概和尼索斯身為人馬的身分有關。下半身是馬匹的尼索斯根本無法坐在椅上；盡可能減少家具，也是考量到尼索斯的龐大身軀吧。

話說回來，她觀察那麼多又有什麼用呢？還是無法確認尼索斯的目的究竟為何。

這時，尼索斯只淡淡地回了一句：

「妳不是黛安妮拉的替代品，妳就是黛安妮拉。別西卜是誰？繼海克力斯之後新男人的名字嗎？」

前一句話本來還回得很平靜，但問到別西卜時，語氣瞬間充滿了不客氣的質疑。

宮成茜有些傻眼：「啊？什麼我的男人？你別胡說！只是，你住在地獄裡居然不知道別西卜？」

她沒有聽錯吧？

地獄第二把交椅的名字竟有人沒聽過？

「別西卜？妳的男人很有名嗎？我在地獄裡就該知道他嗎？但是，黛安妮拉，我不希望從妳口裡聽到其他男人的名字。」

「什麼跟什麼啊……你這人真是古怪透了……都跟你說了那傢伙才不是我的男人……」

總覺得這頭人馬的腦袋可能和人腦結構不同，怎樣都說不聽，宮成茜困擾得想翻白眼。

「妳很難跟這傢伙溝通的，我都在懷疑其實他根本不是人馬，是純粹的馬腦袋吧，嘎。」

基龍飛到宮成茜面前，停留在她旁邊的小矮桌上，「但是，我曉得妳說的那號人物，別西卜。跟我說說看，為何妳覺得那樣的大人物會派人抓妳？嘎。」

聽到一隻烏鴉說出這段充滿機警氣息的話語，宮成茜認真認為，尼索斯的人類腦袋應該是長在基龍身上了。

「說來話長……我怎麼知道你是不是別西卜的人？何況，是你旁邊那頭人馬把我抓來這裡耶！對於一名綁匪我不需要多說吧？」

宮成茜眉頭一皺，不客氣地反問基龍。

「嘎，妳有什麼好不相信我的？我只是一隻烏鴉，貨真價實的一隻烏鴉是能對妳造成多大傷害？再者，妳應該看得出來，那頭笨馬只是很單純地耍蠢，以為妳是黛安妮拉。」

基龍不以為然地回應宮成茜，一邊用尖尖的鳥喙整理一身黑色油亮的羽毛。

「嗯，你這麼說也是啦……」

宮成茜想了想，確實他們對自己沒有多大威脅性，就算將別西卜追殺自己的來龍去脈說出，大概也不會有多大的危險，便決定一五一十地告訴基龍。

一人一鳥之間的對話持續進行，直到宮成茜說完，基龍沉默了一會後喃喃自語：

「嗯嗯，原來是這麼回事啊……那麼，馬腦袋說別西卜是妳男人的名字，好像也沒說錯，聽起來別西卜也只是想得到妳而不擇手段，嘎。」

「不能這麼說吧？我想其中最主要的原因是阿斯莫德……別西卜想摧毀阿斯莫德重視的一切。」

雖然這麼說聽起來好像太過抬舉自己，令人有些難為情，可是她也只是轉述當初別西卜的話罷了。

說到阿斯莫德……真不知那傢伙到底又消失到哪裡去了？打從在地獄第六層、他們被狄思城總管囚禁之後就不見蹤影，最後的訊息，也只是透過伊利斯口中得知他那時似乎平安無事而已。

真是的……為什麼自從與別西卜接觸之後，阿斯莫德就常常不在她的視線範圍內呢？

總覺得，這好像是刻意為之……

「嘎，妳又在想什麼？覺得我們聽完了會害妳嗎？」

基龍那獨特的烏鴉嗓音傳來，打斷宮成茜的思緒。

「我沒那麼想啦……」

宮成茜頭微微低下，一手撓了撓臉頰。

她哪好意思跟一隻烏鴉承認，自己正思念著阿斯莫德呢？

被基龍知道還好，如果被那個只把她當成黛安妮拉的尼索斯聽到，大概又要被那人馬連番質問了。

總之，她暫且確定尼索斯與基龍沒有傷害自己的意思，只是她總不能一直待在這裡，她的肩上還有找回靈感的重責大任，以及那票一定很擔心她的伙伴們。

無論如何，還是得離開這裡，就算那條壕溝再怎麼深，都要想法子翻過去！

「嘎，妳的表情已經透露了一切，妳該不會又想逃離這裡吧？」

基龍的話立刻讓宮成茜訝然地睜大眼睛。

「你又知道了？」

宮成茜眨了眨眼，雙手摀住自己的雙頰。她之前就曾被人說過很好看穿，想不到現在就連一隻烏鴉都能看出自己的心思。

宮成茜啊宮成茜，妳真要檢討了！

學學月森哥，一張冰山臉任誰都看不出他的情緒。

「嘎，雖然很殘酷，但是我看在妳被馬腦袋和別西卜看上的雙重悲慘遭遇分上，還是必須告訴妳一個真相。」

「什麼真相？」微微地瞇起雙眼，看向面對自己說話的那隻烏鴉。

「妳可能會想，不管怎樣先試著翻過那條壕溝對吧？」

「唔，連這個都被你看出來，你不是隻普通的烏鴉吧……」

嚥了嚥口水，宮成茜不禁認為這隻烏鴉的智商突破天際了。

「妳無法翻過那條壕溝的，嘎。」基龍將頭轉向窗戶，烏眼骨碌碌地看向外頭那條壕溝，「那條壕溝只有限定人馬種族經過時才不會啓動血河的機制。」

「你的意思……其他種族的人進入那條壕溝，就會立刻氾濫成一條血河？」

宮成茜不禁略微張開嘴巴，一臉訝然。

這條壕溝居然還有這種特性？

天啊，不久前認為壕溝比護城河還好通過的自己，真是太愚蠢了！

基龍繼續說下去。以前那條河是用來執行酷刑的場所。他曾經看過，當時血河裡傳來淒厲的慘叫與哀號，有許多受刑人被浸泡在滾沸的血水中，畫面相當可怕駭人。

血河似乎會依照受刑人的罪孽程度，給予浸泡深淺的不同，有人是半身，有人則幾乎要淹過頭部。

以前基龍也不懂這些人為何會在此受苦，是尼索斯告訴他，這些人都是生前殺戮無數的暴君。

「那時，尼索斯還指給我看，左邊那個是亞歷山大，右邊的則是義大利北部獨裁的暴君亞所里諾，金髮的是阿皮索，這個下場比較慘最後被兒子所殺。真是可悲啊，嘎。」

基龍回想那時尼索斯所說過的話，再次陳述給宮成茜，「除了暴君以外，一些無惡不作的大盜也會在此受罰，嘎。」

「原來如此……那麼，為什麼這條河後來就不再執行酷刑了呢？」

宮成茜納悶地問。

「嘎，因為有業者提出要將這一帶改建成觀光溫泉區，因為血河的熱氣就是天然硫磺蒸氣。這一層的管事不知道是為了商業考量，還是官商勾結，就將原本的刑罰場所遷移了。」

「所以說，地獄還真是徹底的工商化社會啊……」

聽了基龍的說明，宮成茜不禁搖了搖頭，再次大嘆這個地獄已經不像地獄了！

「雖然撤離原本的受刑人，但這條壕溝似乎本身具有一定的靈性，只要揹負罪孽之人踏進，就會自動開啟血河功能。它認定人馬族的尼索斯是純潔的象徵，因而唯有他能夠自由出入，嘎。」

基龍的話讓宮成茜覺得不解，馬上反問：

「這也太奇怪了吧？尼索斯可是名搶匪，怎麼會算是沒有罪孽之人？」

「嘎，尼索斯才不是一般的搶匪咧，他是義賊，只搶劫不義之人，並將搶來的東西發送給其他有需要的人，只留下少數的東西給自己用而已。雖然尼索斯生前的確做了點壞事而被判下地獄，不過這條血河大概也是欣賞他後來在地獄裡的作為吧。」

「咦？真有這樣的事？」宮成茜意外地眨了眨眼睛。

「妳不信的話我也沒辦法，事實就是如此，嘎。」

基龍說完再度埋首整理羽毛。

「嘖……真是麻煩的壕溝……」

宮成茜苦惱地抓著自己的頭髮，眉頭緊緊地皺在一起。

如此一來，她想要逃離這裡的機率就更低了。實在搞不懂，為何自從被打入地獄後，三不五時就得面臨逃亡的情況啊？

不是說好只是要寫部地獄遊歷輕小說嗎？

地獄之主路西法啊，你是這樣對待客人的嗎？你到目前為止從未出手相救，到底還想不想要小說啊！

不過，像這樣抱怨也無事於補吧……

總之不能現在就氣餒，她一定要想辦法逃出生天！

「可惡……我不會因此就放棄的！」

宮成茜握緊拳頭，問向眼前這隻似乎對自己所言很不以為然的烏鴉：「是說，尼索斯一直說的黛安妮拉到底是誰？他們之間究竟怎麼回事啊？」

打從被尼索斯口口聲聲喊成黛安妮拉後，宮成茜就想問這件事了。雖然和綁匪幫凶聊這麼多好像有點奇怪……但她就是想知道答案！

「黛安妮拉啊……嘎，那還真是說來話長，不過既然妳成了那女人的替代品，我覺得還是有必要讓妳知道那兩人曾發生過什麼吧。」

基龍似乎猶豫了一會，才吐出這段回應。

「我洗耳恭聽。」

事情的源頭，得追溯到一次渡河事件。

眾所皆知的希臘英雄海克力斯及他的妻子黛安妮拉，當時要渡過一條河。他們拜託了在附近打獵的人馬尼索斯，請他背著黛安妮拉過河。孰料，尼索斯對黛安妮拉一見鍾情，透露出一點愛慕之意，海克力斯便憤而將他殺死。

「尼索斯死前心懷怨恨，於是就想到一個毒計。他把一件長袍浸泡過自己的血後送給黛安妮拉，騙她說泡過他血液的袍子具有神奇功效，倘若海克力斯變心的話，讓他穿上此衣她就能將丈夫的心奪回……嘎，殊不知這是一個陰謀。」

「那件血衣，難道說……」

宮成茜嚥了嚥口水，以多年寫小說的經驗來看，她大概可以預測到接下來會發生什麼事。

「嘎，妳應該也猜到了，後來海克力斯的確外遇，黛安妮拉就將血衣披在丈夫身上……然而，其實人馬的血具有強烈毒性，也因此最後的結局就是海克力斯不幸身亡。」

宮成茜總算了解尼索斯下地獄的原因。

一切都出於愛。

扭曲的愛、憤怒的愛，以及嫉妒的愛。

「得知真相的黛安妮拉當然恨著尼索斯。尼索斯真心地懺悔，並試圖贖罪，從此便踏上義賊的路。嘎，我口渴了，要去找水喝，妳別妄想逃離這裡，只要尼索斯不答應，妳哪裡都去不了。」

基龍拍打黑色翅膀高飛起來，「嘎，對了，妳身上那件羽毛長禮服，根據那個馬腦袋說，是黛安妮拉生前穿的禮服。」

「咦？比起這個，我更想知道這衣服到底是誰幫我換穿……」

宮成茜話還沒說完，基龍便已頭也不回地飛出窗外。

屋內，頓時只剩下她和尼索斯。

這下糟了，怎麼能讓她和尼索斯這個綁架犯獨處？就算基龍只是一隻鳥，她都覺得有他在比較放心！

面對一個把自己視為前愛人的狂熱分子，宮成茜不禁雙手抱緊自己的胸口，不知該如何是好。

「水。」

突然間，宮成茜聽到尼索斯的聲音。她不敢貿然回應，於是保持沉默。

沒想到尼索斯又出聲：「黛安妮拉，妳需要喝水。」

「欸？」

宮成茜一愣，看著尼索斯轉過身來，那張俊美中帶點魔幻氣息的臉孔對著她。

「妳太久沒喝水，對身體不好，黛安妮拉。」

尼索斯抬起馬蹄，達達地走向宮成茜。

「那個，我覺得我還不渴……」

並未理會宮成茜的婉拒，尼索斯馱著一杯盛滿的水來到她面前。

「喝。」尼索斯不客氣地命令道。

宮成茜看著放在對方馬背上的水杯，不由得有些警戒。特別是基龍不久前才跟她說了那件毒血衣的故事。

「妳不喝嗎？」尼索斯盯著宮成茜。

被凜冽的視線直直盯住，宮成茜感到很有壓力。這種壓迫感還真不亞於伊利斯啊！

「我……我怎麼知道這裡面有沒有下藥！」

宮成茜好不容易從喉嚨中擠出一句回應。

「黛安妮拉，妳果然還記恨當年我做過的事嗎？」

尼索斯的眼簾立刻低垂下來，就好像做錯事的狗般垂頭喪氣，看得宮成茜不禁有些動搖。

「呃，你本來就搞錯對象了，我不是黛安妮拉……」

「不！妳就是！妳就是我的黛安妮拉！」

宮成茜前一句話還沒說完，下一秒尼索斯突然像被踩到地雷般，反應激烈地抓住宮成茜的肩膀搖晃大聲道。

「痛痛痛……你能不能別搖得這麼大力啊！」

人馬族的力氣顯然比一般人類或惡魔更大，自己的骨頭被這麼一搖都快散了。

同時她也察覺自己可能做錯了，不該在尼索斯面前提自己並非黛安妮拉。

從基龍所說的故事，尼索斯應當不會傷害深愛的黛安妮拉。如果自己一直澄清身分，一來可能就像剛才一樣刺激到尼索斯，二來尼索斯也說不定會憤而傷害自己。

在別人的地盤上，只好先屈就了。她曾想過乾脆拿出武器與對方決一死戰，可是若想渡過眼前這條壕溝，沒有飛天遁地能力的自己，只能靠著尼索斯過河。

不想痴痴等待同伴們前來搭救，她必須想辦法讓尼索斯主動帶自己過河……

宮成茜念頭一轉，一個有些壞心的主意從腦海中迸出。

「抱歉，弄痛妳了嗎？我不是故意的，黛安妮拉……」

聽到宮成茜喊痛，尼索斯回過神，鬆開原先按在她肩上的雙手，「都怪妳不好，誰叫妳要說自己不是黛安妮拉，妳可知我多麼不容易才見到妳……」

「那個……抱歉，剛剛是我錯了啦，尼索斯。」

口氣一改，宮成茜轉而安撫對方。

「黛安妮拉，妳知不知道我多想妳？我只是看妳雙唇乾燥泛白，想拿杯水給妳喝而已……」

尼索斯的情緒也在宮成茜安撫後得到舒緩，終於平靜地說出自己要她喝水的原因。

「噢，尼索斯，真是謝謝你，但我還是……」

想想尼索斯生前也算是個不擇手段的人，總覺得不能輕易喝下任何液體，宮成茜仍是婉拒。

「不行，黛安妮拉妳這樣是不行的。」

尼索斯的臉逼近，帶給宮成茜的壓迫感頓時加倍。宮成茜反射性地將身體往後挪。

「如果妳無論如何都堅持不喝下這杯水——」

上半身側轉過去，尼索斯拿起放在自己馬背上的水杯。

「那就讓我餵妳。」

尼索斯仰頭將水杯中的水含住一口，毫無預警地按住宮成茜的後腦勺，用力地往自己的臉湊近。下一秒，宮成茜的嘴巴就被對方使勁地堵住。

「唔！」

宮成茜倒抽一口氣，完全沒想到這頭人馬竟然來這招！

她頓時只感覺腦袋一片混亂，反射性地想要抗拒，對方卻緊接著發出攻勢，撬開她的唇，舌尖竄入她的口腔之中。

「唔唔！」

水從尼索斯的口中流出，但他似乎一點也不在意，只是更強硬地讓宮成茜張開嘴，將他所含的水灌注到宮成茜嘴裡。

「唔……唔唔……」

宮成茜無力反抗，只好喝下對方雙唇間渡來的水。

確認口中的水一滴不剩地餵給宮成茜後，尼索斯這才將自己的嘴移開，同時鬆開原先扣住宮成茜後腦勺的手。

「咳！咳咳！」

宮成茜被強灌水，連咳幾聲，喉嚨頗不好受，但腦子裡想的是既然尼索斯都親口餵了她，那麼這水應當是真的沒問題吧？

讓宮成茜更在意的是……為什麼這頭人馬的吻技如此高超！

不只迅速又霸氣地堵住她的嘴，更帶點強硬地撬開她的唇齒……

什麼啊，她到底在想什麼糟糕的畫面，別再重新回想了好嗎，宮成茜！

兩頰不禁微微泛紅發燙，宮成茜只覺得真是夠了，又不是第一次被人這樣對待，幹嘛反應這麼少女心。

「黛安妮拉，妳的臉頰怎麼紅紅的？水太燙了嗎？」

尼索斯的聲音打斷宮成茜的思緒，她馬上別過頭去：

「才沒有紅紅的……是你看錯了！」

隨即，宮成茜又覺得這般害羞一點也不像她的個性，於是又轉過頭來指著尼索斯的鼻頭道：

「你這傢伙怎麼如此失禮！用這種強吻的方式灌我水喝，太……太沒羞恥心了吧！」

實際上她也不曉得該罵些什麼，只是想宣洩怒氣。

「黛安妮拉，因為妳不聽話我才這麼做。如果妳聽話，就不會這樣了。就像以前一樣，我早跟妳說過，海克力斯一定會外遇，妳卻不信。」

尼索斯板著認真的臉孔回應，又扯到他和黛安妮拉之間的往事。

「唔……我到底該說什麼才好呢……」

聽到尼索斯這麼說，宮成茜實在不知該回什麼。

她現在試圖扮演黛安妮拉，用這個身分拐騙尼索斯帶自己通過壕溝。可是只要尼索斯一提及兩人之間的過往，她就不曉得該怎麼說才不會露餡或刺激到對方。

「黛安妮拉，妳只是太久沒有跟我相處而已。」

「欸？」

宮成茜還沒反應過來之際，尼索斯突然就將她一把抱起，拋到自己的馬背上。

「走，我帶妳出去逛逛，拋下以前認識的所有人，從今以後妳只有我。」

「等等！你要帶我去哪裡啊！」

宮成茜捶打著尼索斯的背，但這馬背遠比人的身體還要結實有厚度，再怎麼用力打對方也不痛不癢。

她現在只希望基龍能夠快點喝完水回來。跟尼索斯這種依靠動物本能反應的人單獨相處，她實在感覺很棘手啊！

另一方面，她也在心底默默祈禱，希望月森哥他們能夠盡早找到自己！

第八章

逃亡三要素：
烏鴉、偽裝和運氣

Tuning Demon Project

宮成茜趴在尼索斯的背上，隨著人馬的奔跑而顛簸不已。

為了避免墜馬，她掙扎著坐起身來。

坐起來後，就和騎馬的感覺毫無差別，迎著風，宮成茜覺得挺涼爽舒暢。但想想畢竟是騎在綁架自己的主嫌身上，那份奔馳的快感就大大減少許多。

道旁的景色沒有多大轉變，繼又寬又深的壕溝後，宮成茜見到了一座看起來可怕灰暗的森林。

整座樹林枝葉密密麻麻地交錯，很難行走，地面上更是盤根錯節，樹根上下起伏交錯。

樹葉並非常見的綠色，而是彷若烏雲般的灰黑色，樹枝全都像彼此在角力拉扯般，充滿憎恨和怨念地糾纏扭曲在一塊，尖端都是銳利的刺。

「小心那些樹木上的刺，有毒的，黛安妮拉。」

尼索斯提醒著宮成茜。

宮成茜忍不住問：「既然知道那些樹有刺，為什麼還要帶我來這種危險的地方？你不是說要帶我出來逛逛而已嗎？」

「我的確是帶妳來逛逛，一來讓妳認識從此之後要和我居住的周圍環境，二來也要讓妳斷了其他人會來找妳的念頭。」

尼索斯說得斬釘截鐵，就和眼前這座森林一樣，讓人了無希望。

「也太獨斷了吧……」

這個尼索斯非常大男人主義，雖然笨笨的，卻又很強勢，這樣是有點萌沒錯，可是想要讓尼索斯主動帶自己離開，宮成茜不禁在心裡感嘆似乎難上加難了。

與其再跟尼索斯爭論，還是小心為上。

雖然是坐在尼索斯的馬背上，眼前這片荒涼隱匿的景象，實在讓她總有股不安的躁動感。

「黛安妮拉，我們所住的地方，前有壕溝，後面有這座『哈比鳥森林』，雖然說妳的同伴別想進來，但同樣也能保妳不受別西卜的人打擾。」

「咦？」

宮成茜吃驚地睜大眼睛。

原來尼索斯在她與基龍對話時也有認真聆聽？她可以將這段話解讀成，是要保護她不受別西卜的追殺嗎？

雖然這份心意是針對「黛安妮拉」，但宮成茜多少有些感動。只是這份感動很快就消除，她清楚這頭人馬仍是綁架自己的危險人物。

就在這時，前方樹上的一群生物身影映入宮成茜眼簾之中，她吃了一驚，從未見過模樣這麼可怕的大怪鳥！

「那是什麼！樹上那些鳥未免長得太獵奇了吧！」

「那是哈比鳥，黛安妮拉。」尼索斯回應宮成茜的問題。

「哈比鳥……我還哈比人咧！」

宮成茜目光直直地盯著樹梢上的鳥群。

哈比鳥外形是鳥身人面，蒼白毫無血色的女性容貌，配上猙獰的牙齒和嘴喙，血盆大口張開時還能看到牽絲口水……

宮成茜看得渾身都起雞皮疙瘩，這種好萊塢電影才看得到的生物，如今也讓自己親眼見識了一番。

「嘎，哈比鳥，傳說是特洛伊人在斯托羅發島停留時碰到的生物，當時這群可憐的特洛伊人被哈比鳥襲擊搶食。特洛伊人為了生存而反擊哈比鳥後，其中一隻名叫塞勒諾的哈比鳥，便生氣地預言特洛伊人日後會遭受可怕的飢荒和報應……嘎，但我和哈比鳥可不是同一陣線的。」

「欸？基龍你什麼時候飛回來了？」

宮成茜轉頭一看，就見基龍不知何時已降落在她肩膀上。

基龍懂得真多，根本就是一隻博學多聞的烏鴉啊！

「妳對著哈比鳥驚呼連連的時候，我已經在你們上空盤旋好一會了，嘎。」

基龍轉過頭時，尖尖長長的鳥喙差點戳到宮成茜臉頰。

「我剛剛去喝水時，也順便調查了一下妳的事，嘎。」

「調查我的事？」

宮成茜不禁在心底佩服起這隻烏鴉。在這鳥不生蛋的地方到底要怎麼打聽消息啊？

「嘎，那是商業機密，我才不會跟妳說。但是，我大抵確定妳先前跟我說的事情都是事實。除此之外，我也額外帶給妳一個訊息。」

息。

「什麼訊息？」

與其追究基龍究竟如何打聽到自己的事，宮成茜更想知道對方捎來了什麼訊息。

「嘎，首先，我知道妳確實正被別西卜的人馬追蹤。我在調查期間也得知另一件事——妳的同伴正往這個方向而來。」

基龍的這一段話，立刻讓宮成茜挺直腰桿、驚訝地睜大眼睛。

「你為什麼要告訴我這個？難道你不擔心我的同伴來救我嗎？」

一旁聽到這件事的尼索斯，也暫且停下前進的腳步。

「因為別西卜正在追蹤妳，妳對我們而言就是個禍端。尼索斯將妳抓過來後，不只妳的同伴不知用何方法找到妳的所在，就連別西卜的人馬也跟著過來了，嘎。」

基龍的鳥臉上看不出任何情緒，但從語調就能知道，基龍相當認真地在談論這件事。

雖然不確定尼索斯的實力如何，可是面對宮成茜的同伴及別西卜的人馬，一人馬一烏鴉再怎樣都很難拚得過吧？

宮成茜和基龍交談的同時，外界的干擾從未間斷，長相怪異的哈比鳥群依然在樹梢上悲鳴不已，聲聲都讓人聽了不忍又煎熬。

「基龍，無論如何我都不會讓黛安妮拉再離開我。」

尼索斯的答案完全不出宮成茜和基龍所料。

「此處一般人很難順利進入，不怕。更不可能讓黛安妮拉離開，我會保護她！」

口氣堅定地重申，任誰都能感受到尼索斯的決心。

「嘎，就算你這麼說，我也不能讓你將她留在這裡。但是，依你的脾氣，也不可能願意送她走。所以——我只能出此下策。」

基龍飛到尼索斯的頭上，「黑羽術．黑夜降臨。」

話音一落，基龍忽然將自己的翅膀蓋住尼索斯雙眼。轉瞬之間，尼索斯高大的身軀應聲倒地！

宮成茜從尼索斯的背上摔落，雖然很快就踉踉蹌蹌地爬起身來，但還是有些摔疼了。

「剛剛到底發生什麼事？你對尼索斯做了什麼啊！」

宮成茜拍了拍屁股，有些抱怨地質問降落到地面上的基龍。

「我只是用點小魔法讓這顆馬腦袋睡著而已，嘎。」

基龍又飛到宮成茜的肩膀上，「趁現在，我帶妳回去同伴身邊，妳這個麻煩精還是留給妳自己人處理，嘎。」

「這麼好？等等，你該不會有什麼意圖吧？」

宮成茜難以置信地問向站在自己肩膀上的烏鴉。聽到這樣的結果她當然高興，只是防人之心不可無，她總要戒備一下。

「如果妳不相信，大可不用現在跟我走，嘎。」

基龍不以為然地回答。

「我跟你走！現在就可以走了！」

一聽到基龍的威脅，宮成茜馬上點頭如搗蒜地喊道。

就算真有可能是基龍設下的陷阱，她也只能硬著頭皮一試。

「嘎，算妳識相。」

基龍從宮成茜的肩膀飛離，飛到她的前方，「嘎，不過有件事我剛忘了告訴妳。

除了妳的同伴和別西卜的人，還有個不得了的傢伙在追查妳。」

「不得了的傢伙？該不會是有一頭酒紅色長髮、頭上長角的傢伙？」

宮成茜腦海裡第一個迸出來的人名叫做阿斯莫德。

「嘎，如果是這樣的角色，或許事情就簡單多了……」

「啥？我說的可是地獄四天王之一的阿斯莫德耶！除了別西卜和路西法之外，地獄裡有什麼角色比他還不得了？」

宮成茜一邊訝異地反問，一邊尾隨著基龍。

「嘎，我說的那個不得了的傢伙……等妳遇到了就知道，說實在的，我可一點也不想遇到，所以我打算把妳丟回去後快快閃人。我啊，最討厭麻煩了，為了要照顧尼索斯那個馬腦袋，我總是得努力地避開麻煩……」

基龍嘴上雖然抱怨不休，但宮成茜聽得出來，其實基龍和尼索斯之間的感情一定很好吧？

暫且拋開基龍口中所說的那位不得了的人物，現在她該怎麼離開並回到月森哥他們身邊呢？

前有血河壕溝，後有陰森森的哈比鳥森林，該不會基龍有什麼哆〇A夢的任意門，可以立刻帶她到目的地吧？

「喂，基龍，你該不會叫我徒步穿過這座哈比鳥森林？這裡真的能走嗎？」

總覺得這座森林怪可怕的，而且地面都是交錯的樹根，狹窄又難行，宮成茜光看就想打退堂鼓。

「當然是徒步走過去，妳以為我會載妳飛過去嗎？很抱歉，我可是不會變身成大鳥的，嘎。」

「可是前方這樣的路……」

基龍突然打斷宮成茜的話，「哈比鳥森林又稱為自殺者森林。只要妳成為牠們的一員，妳眼前的景象就會有所改變，嘎。」

「成為牠們的一員……你的意思是叫我也自殺？」

宮成茜不敢相信自己聽到的話，立刻停下了腳步。

「我沒叫妳真的自殺，只是要妳偽裝一下，嘎。妳的腦袋大概也沒比那頭人馬好到哪裡去，更慘的還是一隻麻煩精。」

「你才是烏鴉嘴吐不出象牙呢……好吧，你說說看怎麼個偽裝法？」

「雖然這是不好的示範，但為了讓妳前行之路好走點，首先，妳先用利器稍微割一下自己的手腕內側。切記不要真的割太深，嘎。」

基龍骨碌碌的眼珠子看向宮成茜手腕，說明道。

「真的只要這麼做就可以了？」

宮成茜有點不太相信。

「如果妳不信，就留在這裡，不用去見同伴了，嘎。」

基龍毫不客氣地回道。

「我照你的話做就是！可惡，每次都用威脅的手段……」

宮成茜實在不敵對方的激將法，只好嘆了一口氣後答應。

「嘎，亮出妳的手腕。」

基龍飛到地面上，探頭探腦地不知在找尋什麼。

宮成茜捲起袖子，亮出雪白的手腕內側。基龍叼來一塊尖銳的小玻璃碎片。

「拿去，嘎。」

基龍將玻璃碎片遞給宮成茜。

宮成茜嚥下一口口水，從烏喙中接下那閃閃發光的碎片，手不禁微微顫抖。

她這輩子從沒想過，自己會有割腕的一天。

雖然並非真的要輕生，而是為了回到同伴身邊、為了活下去，才逼不得以這麼做……

但面對這種事情時，仍感到比預期更大的壓力與緊張。

她不禁想著，那些選擇自殺身亡的人，究竟要鼓起多大的勇氣才做得到？下得了手？

既然有這樣的勇氣，又能承受得了失去性命的痛苦……為什麼無法跨過眼前的難關？

再怎麼說，為了同伴，為了能夠回去大家的身邊，她宮成茜必須提起最大的勇氣，做出她過去從未想過、更不願做的行為。

宮成茜深深地呼吸，讓肺部填滿空氣，盡可能讓自己腦袋一片空白……開始倒數！

「三……二……一！」

緊閉雙眼，用力地往自己的手腕內側劃下！

僅只是劃破表皮，鮮血緩緩地流出，痛楚迅速地蔓延開來。

她抬起頭來看向基龍：「我都照做了，接下來呢？」

「接下來就看我的了，嘎。」

基龍拍打翅膀，飛到宮成茜伸出的手腕上，「黑羽術．白幕籠罩。」

一道白光自基龍的翅膀中發射而出，宛如羽毛般輕輕地覆蓋在宮成茜的傷處。

「這到底是做什麼用的啊？」

「這是一種詐欺術，只要我用這個術法，妳的傷口就會給外界之人一種傷得很深的假象。簡單來說，就是一種掩人耳目的手法，嘎。」

「所以即使我的傷口癒合，其他人也會誤以為我傷勢未癒？」

宮成茜再次確認。

基龍點了點頭：「就是這麼一回事，嘎，這次妳的腦袋反應得比較快嘛。」

「講得我好像很愚蠢一樣……不過，將尼索斯丟在那裡，讓他一直處於睡死的狀態，沒問題嗎？」

雖然那頭人馬是綁架自己的罪魁禍首，可是說到底也沒有傷害她，甚至還想保護她……宮成茜自認還挺有良心的。

「嘎，馬腦袋嗎？用不著理他，基本上他在這一帶沒人動得了他，當然如果是外來之人就不好說了，頂多被拿去做藥酒而已，聽說人馬肉很補可以壯陽。」

基龍轉頭看向遠處倒在地上的尼索斯身影，好似一點也不在意地又轉過頭來回答宮成茜。

「到底該說你是放心，還是狠心啊……」

宮成茜搖了搖頭，倒是有點同情尼索斯的處境了。

「嘎，該走了，還是說妳真想留在這裡陪尼索斯？」

「不了，走吧，我沒打算當中藥商抓他去製藥。」

宮成茜邁開步伐往前走。

當她踏上哈比鳥森林的土地，驚人的奇蹟赫然出現！

隨著宮成茜的腳步，地面盤根錯節的樹根自動退開，好像具有感應能力般，相當神奇。

也因為如此，宮成茜原先擔心的難題便迎刃而解了！

「嘎，看吧，只要這麼做就能走過去了。現在，這座森林也把妳認定為自殺身亡的幽魂，只要妳一直維持這樣的狀態，不要隨意亂看頭頂上那些哈比鳥的話，這裡其實無異於一般的森林。」

「原來如此。基龍，你真是一隻聰明又能幹的烏鴉！」

宮成茜立刻朝基龍豎起大拇指。

「用不著這樣吹捧，嘎，我只想趕快把妳這麻煩精送走。真是的，早跟尼索斯說過別再去溫泉區打劫了，我一直有不好的預感，果然妳這麻煩精就出現了。」

基龍沒好氣地回應宮成茜，同時繼續向前帶路。

「你這烏鴉聰明歸聰明，那張鳥嘴講起話來還真難聽……」

宮成茜嘖嘖兩聲。

雖然一度出現乾脆拿出「破壞F4紅外線」來個碳烤烏鴉的念頭，但只有這隻嘴巴惡毒的烏鴉能帶路，她只好暫且壓下殺生的念頭。

走著走著，宮成茜只覺得這條路挺漫長的，可能是周遭景色太過駭人的緣故，加上空中頻頻傳來哈比鳥淒哀的叫聲，擾得宮成茜心中烏雲籠罩般難受。

儘管有基龍領路，宮成茜在這樣的環境下倍覺孤單，也更加思念起伙伴。

雖然那群傢伙平時總愛對自己性騷擾，但每到緊要關頭個個都十分可靠。老實說自己並不討厭他們，就算是曾差點侵犯自己的姚崇淵，她也沒有記恨在心。

「等等，基龍你有沒有聽到？」

宮成茜突然停下腳步，叫住飛在前頭領路的基龍。

「嘎，聽到什麼？」

基龍對於宮成茜的問題有些納悶，回過身來問她。

「我好像聽到有聲音，在森林裡騷動著……」

宮成茜眉頭微蹙。

基龍困惑地回應：「是嗎？我的聽覺雖然沒有特別好，但會不會是妳多心了，嘎？」

宮成茜搔了搔自己的臉頰，「可能真是我多心了吧……」

也許那騷動聲是哈比鳥群發出的，那樣就沒什麼好擔心。暫且揮別心中的疑惑，宮成茜和基龍繼續往前走。

就在這時，前頭傳來一陣紛亂聲響。那聲音像是在追趕什麼般，還伴隨著叫囂和粗重喘氣聲！

「那、那是！」

宮成茜還反應不及，前方赫然衝出兩個狼狽受傷的幽靈。對方拚命地狂奔，一路上撞斷許多樹枝。

宮成茜一頭霧水，隨即便看到一群猙獰的黑色獵狗正尾隨緊追！

「嘎，是獵殺犬！」

基龍驚慌地大喊。

就算不知道獵殺犬是什麼來歷，但從這駭人的名稱，宮成茜就略知絕非等閒之輩！

眨眼間，兩頭黑色獵狗撲倒兩名幽靈，咬住他們的頸子。

就聽兩道幽靈發出慘烈的尖叫，化作一陣黑煙，被獵狗脖子上的項圈吸入，接著發出像是上鎖的清脆聲響。

宮成茜不禁摀住自己的嘴巴。

難道說，那兩名幽靈被封印進項圈裡了？

實在有點可怕啊！

「……撤退，趁牠們還沒將注意力放到我們身上，我們最好快點離開這裡，嘎。」

「欸？」

聽到基龍的指示，宮成茜有些意外。雖然獵殺犬模樣長得很駭人，但他們應該不需要逃跑吧？

「獵殺犬是地獄第七層專門獵捕犯人的警犬。妳現在假冒自殺者進入哈比鳥森林，某種層面上也是違法的行為，嘎。」

「什麼？這麼重要的事怎麼沒事先告訴我啊！你這隻黑心烏鴉！」

宮成茜壓低嗓音怒罵。

如果可以，她真想一把掐住基龍的鳥脖子！

「妳這麻煩精是成心找麻煩嗎？現在這種時候還跟我囉嗦這個？嘎，糟了，獵殺犬看到我們了！」

基龍話還沒說完，赫然發現那兩頭黑獵狗的視線轉向他們。

「怎麼辦？拿出武器開打嗎？」

宮成茜戰戰兢兢地問基龍，冷汗直流。

「嘎，面對獵殺犬的最佳策略就是——」

基龍的話語戛然而止，因為那兩頭獵殺犬正緩緩地走向他們。

宮成茜握緊拳頭，全神戒備地盯著那兩頭面目可憎的獵殺犬。無論如何，她要拿出自己的真本事反擊！

就在宮成茜準備拿出武器之際，朝她走過去的獵殺犬突然歪了一下頭，發出嗷嗚的一聲。

本來模樣駭人的獵殺犬，眨眼間光芒大作。當白色光芒褪去，牠們竟變身成截然不同的模樣！

「天啊，這、這這這是！」

宮成茜下意識地雙手摀住自己快要尖叫的嘴巴。

「好可愛啊啊啊——」

獵殺犬瞬間變身成無敵可愛的黑色柴犬！

「這傢伙怎麼突然變得這麼可愛！吶，基龍你看，這小傢伙很可愛對吧！」

宮成茜最受不了毛茸茸的犬類和貓科動物。

她靠近對方，想要摸摸那正吐著紅色小舌頭、歪著頭、睜著水汪汪圓滾滾眼睛注視著自己的黑柴犬。

「小心！那是獵殺犬的拿手絕活——賣萌殺招！只要妳放鬆警戒靠過去，牠就會趁機咬住妳的脖子啊嘎！」

基龍趕緊飛衝向前，用力地用翅膀拍打宮成茜的臉，暫且阻止了宮成茜碰觸眼前那隻看似無辜的黑柴犬。

「咦？你說什麼？你說這頭可愛的柴柴會……嗚哇！」

本來還一臉不敢置信的宮成茜萬萬沒想到，那隻黑柴犬竟瞬間變回原本猙獰的面目，冷不防地張開血盆大口撲了過來！

「咻！」

一道白色的光條地破空射來，阻止獵殺犬咬上宮成茜的喉嚨。

「即使你在執行公務，這樣殘忍的行為，身為神的代理人的我也無法容許。」

第九章

禁欲的代理人

Tuning Demon Project

只聞其聲，不見其人，那聲音帶著一股靈氣，周遭空氣中都好似隱約閃爍著微微的金燦光芒。

在宮成茜一頭霧水時，基龍飛到她的身邊驚呼：

「嘎，就是那個人——想不到他這麼快就來了！」

「那個人？什麼那個人啊？」

兩頭獵殺犬一聽到那名男性的聲音，便嚇得夾起尾巴哀號逃走。宮成茜見狀更好奇了，究竟是何方神聖可以讓兩條獵殺犬聞聲而逃？

「嘎，他就是我之前說的那個『不得了的傢伙』啊！」

基龍話語未落，原先只聞其聲之人赫然從空中降落，頓時萬丈光芒，金光璀璨，宮成茜與基龍一時間都睜不開眼。

「我……終於找到妳了，據說能為我帶來樂趣的人間女子。」

光芒散去，那道披著金色長髮的修長背影，伴隨著溫醇如春風暖陽的男性聲音，慢慢地轉過身來。

「人間女子……等等，你是來找我的？」

宮成茜眨了眨眼，訝異地指著自己問道。

「正是，我來看看妳這個特殊案例，是否能為我乏味的日子帶來樂趣。如果這次不準確，等我回到天界就要好好唸拉斐爾一頓。」

對方再次強調自己的目的。

「你到底在說什麼啊……你到底是誰？」

宮成茜除了傻眼之外，心中還有一絲不滿。

什麼叫為你帶來樂趣？

不管對方究竟是何方大人物，她就是討厭這個人的態度！

「這麼說吧，官方一點的自我介紹就是這樣……」

清了清喉嚨，男子板起臉正色道：

「吾乃熾天使、神的代理人——米迦勒。」

即使背對著陽光，他仍像隨時自備聚光燈般充滿光采。

「米迦勒……你就是那個米迦勒？那個超級有名的天使？」

聽到對方報上名後，宮成茜難以置信地指著對方驚呼。

原來基龍所說不得了的人物就是他！

在人間名氣響叮噹的天使長米迦勒！

天啊，還真是不得了的大人物！但這麼大咖的傢伙怎會找上門來？該不會是自己要轉去天堂報到了吧？

「妳想那麼認定的話，就隨意吧。人間的評語與名氣我一點也不在乎……那些，都太無聊了。」

米迦勒回應的嗓音，輕輕柔柔的，一如他的金色長髮，細軟且充滿光澤，就連身為女性的宮成茜看了都會嫉妒。

「妳，會為我帶來一點生氣吧？」

米迦勒走向前，口氣乍聽平淡，卻又充滿了他的期待。

宮成茜眉頭一皺，心想這人是怎麼想的啊？開口閉口都是要追求樂趣，講話又死氣沉沉，好像活得很厭世……

該不會是因為壽命太長，活膩了？

「嘎，麻煩精，我對天使很感冒，妳還是自求多福吧！」

「什、什麼？你這什麼意思啊基龍！」

宮成茜還沒反應過來，就見基龍拍著翅膀迅速飛離。

烏鴉只拋下一句話：

「反正現在妳有這麼了不起的大人物隨同，不用我帶路啦，嘎——」

「喂！什麼鬼啊！基龍你這隻不負責任的烏鴉給我回來啊！」

無奈宮成茜怎麼喊，那隻烏鴉的身影依舊越飛越遠。最後只有宮成茜和這位來自天國的貴客，尷尬地留在森林中。

宮成茜現在完全不知該如何是好。

本以為基龍至少算個可靠的傢伙，事情進行到一半卻突然殺出個米迦勒……她為什麼一直遇到讓人措手不及的事件？

面對眼前這名天使大人，她又該抱持著什麼樣的態度才好？

信任？

或是不信任？

在這種情況下，她真是更想念月森哥他們了……

「面對我，妳無須害怕。告訴我，妳叫什麼名字？」

米迦勒往前邁進一步，更加靠近宮成茜。

或許是天使的神力，他不必像宮成茜偽裝成自殺者，所站的土地也沒有任何攻擊反應，天使等級就是不一樣啊。恐怕，地獄裡絕大多數的一切都會畏懼這傢伙吧？

「我叫宮成茜。你為了討樂趣而來，我要怎麼知道你是否值得信任？」

宮成茜乾脆開門見山地拋出自己的擔憂。

面對一個天使，一個過去從未接觸過的類型，她其實有些緊張。不知為何，身在地獄裡，面對各種千奇百怪的鬼怪或惡魔，她都不至於如此不自在。當然，撇除像別西卜這種具有高度危險性的人以外，她大抵都能自然地應對。

可是，像天使這種等級的生物，就該待在天國，怎麼會為了尋求樂子跑來地獄呢？

更何況，她就是那個樂子！

「我是神的代理人，父神座前的天使，不會對凡人說謊。我此番就是為了看妳而來，這陣子的天界真是悶得讓我快要窒息，人界也玩膩了……聽說有個很有意思的人類，我才來到地獄。大可不必憂慮我會傷害妳。」

米迦勒雙手交握擺在背後，那種高潔的形象讓宮成茜似乎很難不去相信。直至此時，她才開始仔細端詳對方的容顏。

米迦勒從外表來看無庸置疑是名男性。金色的濃密睫毛和長髮，在陽光底下閃閃發亮。白皙的肌膚和精緻的嘴唇，讓宮成茜想起小時候曾看過的陶瓷娃娃。

不管從哪個角度看過去，都無懈可擊地俊美。與其他人不同之處，在於他多了一股脫俗的氣質。而也因為這份氣質，讓宮成茜覺得對方與自己之間有著很大的距離感。

明明就站在自己的面前，卻好似處於天邊般遙遠，有種不可輕易碰觸的感覺。

這輩子沒做過多少好事，宮成茜真沒想到自己竟會親眼見到天使下凡，而且還是鼎鼎大名的大天使米迦勒！

不過說到底，對方為何會覺得自己能帶給他樂趣？

而且，米迦勒和她想像中的天使有一點不同……

為何會從一名天使身上看到這份厭世感？就連宮成茜自己也說不上來，只是從對方那澄澈剔透的灰眼珠裡，以及那到目前為止都沒有多大變化的表情上，隱約窺見到他厭世的一面。

或許是自己的錯覺吧，畢竟她也不能精準判斷一個才見到面沒多久的人。只是，她向來很會看人。

「你說不會傷害我，那如果我沒有如你所願讓你嚐到樂趣呢？說到底，你追求的樂趣是什麼？為何找上我？」

宮成茜眼看對方沒有要傷害自己的意思，便一邊往前行進，一邊詢問跟在後頭漫步的天使。

「我的好友告訴我能在妳身上找到樂趣。他是我在天界最信任的人，既然他這麼說，就一定有他的理由。」

宮成茜一翻白眼。天界裡到底是哪個人這麼多嘴雞婆啊？

而且為什麼這種倒霉雜事總要落在她身上！

她有預感，往後的日子絕對不會好過！

當宮成茜在心裡詛咒著米迦勒好友的同時……

「哈啾！」

天界的拉斐爾不知為何打了個響亮的噴嚏。

回到地獄的第七層，宮成茜還是有滿腹的問題想拋給米迦勒。但她正想提問時，米迦勒先一步開口：

「我從天界到地獄，一路上調查到關於妳的不少事情，更讓我確信可以從妳身上得到有趣的樂子，以解我心頭的煩悶。我知道妳現在急著想回到同伴們身邊，在這危險的地獄第七層，妳會需要我的協助。」

「你連這個都知道了？真不愧是神通廣大的天使。」

嘴巴上雖是這麼說，宮成茜倒是一點也不意外，自己的事好像滿好調查的，就算是隻烏鴉也能知曉。

「有沒有樂趣這點，就由我自己來判斷，妳無須在意，現在妳大可把我當作保鑣即可。」

「是嗎？這話可是你說的哦，那麼就請你替我帶路到我同伴們身邊吧！」

與其猜測對方在打什麼主意，宮成茜認為還是早點回到月森哥那邊，對她才是最妥當的選擇。

至於米迦勒到底想怎麼觀察她，這種變態的事還是交給當事者自己去煩惱吧！

「對了，我們現在前進的路線，剛好也是通往地獄第八層的路徑。應該沒人跟妳說過，地獄第七層總共有三個區域吧？」

「這倒是沒人跟我說過。」

宮成茜眉頭微微上揚，似乎挑起了她的興趣。

「地獄第七層共有三大區域，不過這裡的說法是叫三環。第一環就是妳一開始踏進第七層的地方，第二環就是現在這座哈比鳥森林，往裡面走就即將到達第三環。」

米迦勒走到前頭，他身後的道路變得格外平坦好走。宮成茜心想，這大概就是天使的威能吧，果然是知名的大人物，連走起路來都格外輕盈有風。

「妳的伙伴，正從另一條路往這個方向前進，所以據我推斷，妳應該能在第三環與他們重逢。」

米迦勒對著宮成茜這般說道。

宮成茜納悶地問：「你怎麼能確定？」

「以我米迦勒之名向妳肯定。」

米迦勒毫不猶豫，斬釘截鐵地回應。

「既然你都搬出以什麼之名這招，我也沒有什麼好懷疑的了……話說回來，第三環很快就會到了嗎？」

宮成茜詢問的同時，感覺空氣中的溫度好像漸漸熱了起來。

「妳可以自己用雙眼看看。」

米迦勒沒有正面回答宮成茜的問題，保持著一定的冷漠與距離感。

這個時候，宮成茜發現自己好像已經來到哈比鳥森林的邊緣，環繞在周身的溫度也明顯地升高。

「這裡就是第二環與第三環的交界處。」

旁邊傳來米迦勒的聲音，宮成茜則放眼環望前方的景色。

出了哈比鳥森林之後就是一片大沙漠，好似之前見到的血河環繞著森林一樣，哈比鳥森林也環繞著這片沙漠。這片沙漠乍看之下和一般沙漠沒什麼差別，但是只要認真傾聽，還是能隱約聽到隱隱的悲泣聲。

往前走幾步，就看到不少疑似受刑者的人，有的躺在沙中，有的蜷成一團抱腿坐著，有的則在沙上不停踱步……

大多數人都一臉痛苦，但是宮成茜仍發現，少部分的人自備沙灘陽傘和躺椅在享受日光浴！

「這算什麼啊……酷刑場所和曬日光浴的天堂？」

宮成茜傻眼地看著眼前這一幕，再度佩服如此商業化發展的地獄。她再往左邊一看，還見到長得像仙人掌的生物拿著廣告招牌，上頭寫著「**第三環日光浴場，配備承租區**」。

在仙人掌的旁邊，還有一名不停收錢收到手軟的駱駝……牠從顧客手中用嘴巴咬住錢後，轉過頭去將錢推進駝峰之中……地獄裡真是無奇不有，宮成茜只能這麼想了。

只是那些曬日光浴的人到底是怎麼想的啊？一旁是受苦受難的受刑者，換作是她還真曬不下去。

「通過這裡之後，有一段路妳需要小心點。」

米迦勒好似一位稱職的導遊，沒有多餘的廢話，只專注於帶路。

「小心點？這裡怎麼看都不像需要小心的地方……」

宮成茜不解地看向米迦勒，同時也有些困惑。米迦勒這樣大名鼎鼎的人物出現在地獄，路人們怎麼都沒有訝異驚奇的反應？

「……為何妳一直盯著我的臉看？」

看見宮成茜直勾勾地盯住自己瞧，米迦勒出聲詢問。

「呃，我只是好奇……像你這樣了不起的大人物出現在地獄裡，除了剛剛那隻烏鴉，這裡其他人的反應都很平淡耶。」

宮成茜有些不好意思地轉移視線，食指搔了搔臉頰。

「那是因為我施法術遮掩自己的氣息，我不想被太多人打擾。」

米迦勒板著那張散發神聖氣息的臉孔，直接了當地回答宮成茜的疑問。

「還真像不想被狗仔發現的大明星……」

們。

原來是這麼一回事。宮成茜繼續專注前行，心中總覺得就快見到失散的同伴

不過，必須先平安通過米迦勒剛提到的地方……有這麼威名顯赫的大天使當保鑣，應該沒問題。

宮成茜正打著如意算盤，米迦勒突然從後頭用手指點了點她的肩膀。

姑且不論到底這人要和她說什麼，宮成茜真心覺得這樣的動作有些可愛。到底是多想與她保持距離啊？

還是說，天使害怕碰觸到凡人嗎？

「接下來會下火球雨。」

一見到宮成茜回過頭來，米迦勒的手指頭馬上就抽回去。

「火球雨？」

自己是不是聽錯了？

「地獄第七層的第三環，會在固定的時間下起火球雨。正如字面上的意思，天空會降落無數火球，如雨滂沱。」

米迦勒面無表情地說出這段話。與其說是冷漠如冰山，更像是隨時都散發一股「真是無趣」的神韻。

明明有著如此乾淨漂亮、如鏡般剔透的眼眸，宮成茜卻只能在裡頭找到一種情感——厭倦。

米迦勒抬起頭來，看了一下似乎沒有變化的天幕，對著宮成茜說：

「我一個人是沒問題，但為了我往後的樂趣，必須保護好妳。」

「等等，什麼叫做往後的樂趣……」

宮成茜的話還沒說完，米迦勒突然伸出食指一點，她的雙腳立刻騰空！

「你做什麼啊啊啊！」

整個人都不受控制地飛了起來，宮成茜倉皇地大叫，叫聲中更多的是怒氣。

「以防妳被火球燒得面目全非，我的樂趣也就飛了。」

米迦勒用著那張禁欲的臉孔，說出讓宮成茜不禁傻愣住的話。

「米迦勒，原來你是冷面笑匠嗎？這種話居然說得出口……」

明知現在不是吐槽的時間，可是她不吐不快。

「我沒有在搞笑，我聽不懂妳的意思。總之，我不想碰觸妳，那樣有違我的規則，但是我知道光用嘴說妳很難馬上配合，便只能這麼做了。」

一邊說，米迦勒一邊用手指指揮，騰空的她便順著對方所指方向而去。

「等一下，你好歹說一下到底要帶我去哪裡啊！」

「那裡，有個洞窟。」

伸出另一手，指向不遠處的一座幽暗洞穴，米迦勒的語氣仍相當平靜，「那裡可以暫時讓妳躲避火球雨的攻擊。」

「可是，我必須加快腳程才能和同伴們……」

「連命都沒有的話還提什麼同伴？」

不給宮成茜說完話的餘地，米迦勒冷酷地打斷她。

宮成茜垂下頭來，她知道這回是自己比較無理取鬧，便沒有再多說什麼，就讓米迦勒用騰空搬移的方式一路來到洞穴前。

同時，宮成茜也更加確信，這位天界的大人物不會傷害自己，畢竟他連碰觸她都不願意。

就這麼被「搬運」到洞穴後，宮成茜見洞裡昏暗潮濕，地板滑溜溜的，空氣中還瀰漫著一股霉味。如果可以，她當然不願在這種地方停留，但為了生命安全，宮成茜也就忍下想離開的念頭。

「光啊，為我照亮。」

米迦勒彈指，身邊赫然出現一團金色光球，小巧可愛，但亮度足以照亮眼前。

雖然和米迦勒相處的時間還很短，宮成茜在他身上還真看不出有什麼弱點，除了那份厭世的冷漠距離感，大概當真無懈可擊。

「三……二……一，妳看，準時落下來了。」

米迦勒將頭一轉，視線轉而朝向洞外。

分秒不差，天色驟然變成帶著不祥氣息的暗紅色，悶雷轟隆作響，磅然一聲雷霆劈下，天空開始降下無數大大小小的驚人火球！

宮成茜睜大雙眼看著眼前這驚世駭俗的一幕。

熊熊燃燒的火球伴著劈啪雜音落下。如果現在在外頭，一定會被一顆顆火球燒得面目全非。

宮成茜將目光轉而投射向米迦勒。好險有這傢伙在，沒想到對方甚至能將火球降落的時間算得如此準確。

也對，米迦勒可是天使，神的代理人，有這樣的本領確實不意外。

好在米迦勒當時強迫自己來到洞窟，宮成茜在心底感到無比慶幸，只是這火球雨還要下多久呢？

「米迦勒，我們得在這裡待多久？」

「一場火球雨大概會下到晚上，但是夜晚不便行進，因此明日清晨才能啟程。」

米迦勒一邊說，一邊低頭像在找尋什麼。

「明天早上嗎……是說，你在找什麼啊？」宮成茜問道。

「找能夠度過今晚的一席之地。」

米迦勒回答宮成茜的同時，似乎也鎖定好某一個位置，毫不猶豫地坐了下去。

「妳離我遠一點。男女授授不親，這是我的原則。」

「哇……」

「妳在那邊哇什麼？」米迦勒納悶地問。

「沒事沒事，只是很久沒聽到有人這樣對我說。之前那群傢伙個個想……啊，算了，當我沒說，你這樣很好！」

隨意找了個位置，宮成茜一屁股坐下，對著米迦勒豎起大拇指。

總算可以放心地在男人身旁過上一夜，搞不好對方還怕自己會去騷擾他呢！真是令人放心啊，果然天使就是和地獄裡的傢伙們不一樣……

「總之，只要度過這一夜，就可以回到我同伴身邊了吧？好，接下來就用睡覺覆蓋今天這一回合！」

宮成茜大剌剌地躺下。

「……我說，女孩子還是矜持一點比較好。」

大概是看不過去宮成茜那像男人般的行為，坐在另一端的米迦勒淡淡地對著她道。

「哎唷，反正也只有你看到而已。我相信你不是會去亂說的人嘛，你可是神聖的天使大人啊。」

宮成茜一手枕在自己的後腦勺下，側翻過身面向米迦勒。

「我是不會到處亂說，只是看了有礙觀瞻。不說了，這裡有我在，妳就好好休息即可。」米迦勒冷淡地回應，背靠著山洞的石壁，閉上雙眼準備入眠。

「那麼，晚安。」

「呃……晚安。」

宮成茜沒想到對方這麼快就要闔眼入睡，愣愣地回了一句。

對她來說，當下的情境真是十分奇妙。

洞窟外頭是火球雨不停落下的景色，洞窟裡頭自己的不遠處睡了一名從天界下凡……不，是為了她不惜走進地獄的天使。

地獄行竟能如此跌宕起伏，縱使沒有靈感，光是平鋪直敘地記載下來，也夠讓人驚嘆了吧？

說實在的，現在往地獄深處持續前進的動機，取回靈感好像已經不是第一優先，取而代之是一種使命感。

她想完成這一趟地獄行，想用自己的雙眼看遍這座地獄，更想要這群可靠的同伴一直陪在身邊，一起面對危機，也一起同甘共苦。

真是不可思議的感覺啊……

宮成茜望著外頭頻頻落下紅色火球的景色，接著轉頭看了旁邊的米迦勒，在自己的心中感嘆著。

如果能早些改變自己，或許就不會被人所憎恨、拉入地獄了。

但是假使自己沒有入地獄，恐怕這一輩子也不可能有像現在這般怡然自得的心態，也無法與同伴們一起努力奮鬥……更無法解開當年對月森哥的疑問。

這麼一想，對她宮成茜一生而言，來到地獄反而是上天賜給她最大的禮物吧？

「哎呀，居然對下地獄這件事感到幸福，宮成茜妳確定腦袋沒壞掉嗎？哈哈……」

不禁莞爾一笑，宮成茜同時想翻個身，卻在翻身的瞬間僵住。

一條長得無比噁心軟爛的黑紅色蟲子……正往自己的方向爬行！

宮成茜狠狠地倒抽一口氣，馬上坐起身。

她這輩子最怕的就是這種軟體動物！無法接受地噁心！

只是那條模樣可怕的蟲子，彷彿喜歡宮成茜一樣，不斷蠕動身子往宮成茜的方向前進，爬過的地方殘留下一條濁黃色黏液……

「不、不要過來！」宮成茜嚇得整個人都站起來。

為什麼這條蟲子非得往自己方向爬啊！

米迦勒只是睜開雙眼，冷冷地看了宮成茜一眼，又當作什麼事也沒發生地閉上雙眼、繼續休息。

宮成茜嚇得花容失色，差點拿出武器放出死光攻擊這隻蟲子！

可是最後的理智強行拉住了她，這麼做的話肯定會被旁邊的米迦勒笑死，她也不想淪為搞笑片的女主角。

只是，為什麼她躲到哪，那隻萬惡的蟲子就跟到哪！

不要說她的地獄桃花體質連蟲都被吸引！

實在躲到沒地方可以躲，宮成茜反射性地往另一個方向跑，完全沒注意到自己正跑向米迦勒所在的位置。

「臭蟲！再、再過來我就用死光射你哦！」

宮成茜直指著那條又掉頭朝她奔來的蟲子叫道，語氣聽起來很凶狠，但尾音的顫抖暴露了一切。

「那個，妳好像太靠近……」米迦勒開口。

「臭蟲不要過來啊啊啊！」

宮成茜壓根本沒有聽到他的話，一個勁往米迦勒的方向急退。

「咳，我說宮成茜……」

「米迦勒！快、快把牠趕走啊！」

宮成茜一把抓住米迦勒的手臂，驚呼連連，幾乎比外頭火球雨聲還響亮。加上洞穴裡的回音格外大聲，米迦勒只覺得耳朵有點痛，但是他當下更在意的是，抱住自己右手臂的宮成茜。

米迦勒眉頭微微蹙起，對他而言這是越界的行為，他想將宮成茜推開，可是宮成茜的手卻越抓越牢。

「米迦勒！你快幫我消滅牠啊！」

宮成茜整個人緊緊偎著米迦勒，另一手指著向她爬來的蟲子大喊。

「宮成……」

一樣沒給米迦勒說完話的餘地，宮成茜的臉碰到米迦勒右側臉頰，肌膚相觸的感覺像電流般，迅速在米迦勒的身體內竄開。

「米迦勒——」

在面臨史上最大強敵（？）的情況下，宮成茜顯然完全失控，整個人都跳起來、雙手緊抱住米迦勒，一屁股坐到對方的大腿上。

宮成茜的重量狠狠地落到米迦勒身上，他當下倒抽一口氣、瞳孔微微收縮，瞬間像是石化了一樣。

「米迦勒？米迦勒，你怎麼了啊？你怎麼都沒反應！」

宮成茜眉頭一皺，轉過身來質問米迦勒，這才發現天使就像被施了魔法般毫無反應，徹底僵化。

「真是無情冷淡的傢伙，就這麼不願意幫我驅蟲嗎……嗯？」

她回頭一看，原先緊跟著她的蟲子暫時不知去向。鬆了一口氣，宮成茜終於鬆開環抱住米迦勒頸子的手。

「……妳能不能從我身上離開？」

米迦勒終於恢復知覺，用僵硬的口吻向宮成茜要求。

「嗯……可是我覺得，在你旁邊的話蟲子好像比較不會過來。」

宮成茜想了一會，便這麼回應眉頭有些抽搐的米迦勒。

「我決定了！今晚就睡在你旁邊！」

彈指一聲，宮成茜不管米迦勒的意願，擅自做了決定。

啪噠！

一瞬間，米迦勒的腦袋裡好像有什麼東西應聲斷裂了。

然而，硬是推開宮成茜這樣的行為也有損他的氣度，可是試圖輕輕推，宮成茜又像黏人的貓馬上又蹭了過來。

宮成茜這女人將來會不會替他帶來樂趣，這還不曉得——但很快就打破了他的原則！

板著一張禁欲又痛苦的神情，米迦勒和緊偎在身旁的宮成茜，共度了對他而言比天界五十年還漫長的一夜。

尾聲

所謂的抓姦在床？

Tuning Demon Project

米迦勒從沒有睡過如此難熬的一夜。

早上醒來睜開雙眼的那一刻，感到全身筋骨痠痛，腦袋一陣空白麻木。

他到底在做什麼啊……

米迦勒慢慢地轉動僵硬的脖子。映入眼簾的，正是近得可以數清睫毛的宮成茜的臉龐。

他當初是不是不該離開天界到地獄找這個樂子？

米迦勒一輩子嚴格奉行的禁欲原則，就被宮成茜這女人毀於一旦。

「拉斐爾說牽手就會懷孕，那麼，像這樣睡在一起……」

米迦勒嚥下一口口水，本來如雕像般毫無表情與破綻的臉孔似乎出現一絲裂痕，瞳孔在那一瞬間微微收縮。

「唔……」

此時，米迦勒身旁的女子翻了個身，好像快醒來了。

「宮成茜，醒醒，早上了，麻煩快點起來從我身旁離開。」

米迦勒試著搖了搖宮成茜的肩膀。只是對方一個翻身，一隻手就這麼攀上米迦勒的胸膛。

為什麼這女人越纏越緊啊？

不行，太沉重，快窒息了，他感覺胸口彷彿被石頭壓著般難以喘氣！

米迦勒心跳加速，幾乎快喘不過氣來。他心一橫，猛地坐起身推開對方，沒想到宮成茜竟忽然扯了一下他的手。

「唔啊！」

米迦勒一個不小心躺了下去，反射性地抓住宮成茜，沒想到睡姿極為不良的某人又順著他翻滾了一圈。

堂堂大天使就被宮成茜摟著滾了一圈，撞上旁邊的石壁。

「痛……」

始作俑者宮成茜這才從沉睡中甦醒，她皺著眉頭睜眼一看，第一個映入眼簾的畫面便是——

米迦勒壓在她身上，俊俏又散發神聖光采的臉孔就懸在宮成茜上空。

宮成茜訝然地眨了眨雙眼，完全不曉得發生了什麼事，眼神中既是驚訝又充滿了無辜。

就在米迦勒想開口跟她解釋之際，洞穴外頭傳來一道挾帶質問與隱約殺氣的嗓音：

「原來……你也不過是這種人啊，米迦勒。」

米迦勒緩緩地轉過頭去，見到聲音主人的同時神色立刻為轉為鎮靜，收斂起原先不知所措的情緒。

至於被壓在地上的宮成茜，一臉訝異地看著洞口前的身影，愣愣地吐出一個對她而言再熟悉不過的名字：

「是你——阿斯莫德？」

——《惡魔調教 Project 03》完

後記

Tuning Demon Project

歡迎來到《惡魔調教》第三集，目前為止大家跟著宮成茜遊歷地獄的感覺如何呢？希望你們都能從中獲得閱讀的樂趣與喜悅哦！

之前就曾跟各位提到，《惡魔調教》的故事背景與世界觀設定，是參考經典文學《神曲》。宮成茜就像是男主角但丁的性轉版本，本來充滿宗教色彩的故事，在宮成茜特有地獄彼岸花（桃花）體質下，變成了歡樂中帶點情欲挑逗的後宮美男多多風格（笑）。

從第一集一直來到第三集，宮成茜的地獄行也往深處前進，細心的讀者應該能看出來，在地獄面貌上的安排有了層次性的轉變。雖然這個由動漫狂路西法統治的地獄裡，到處都不乏動漫與高度商業化的影響，不過越往深處走，地獄本身給人可怕詭譎的一面就會比前面幾層還要明顯。

換句話說，宮成茜接下來的冒險將充滿更多危險，隨之帶來的緊湊感與緊張感也會堆疊增加吧！

相較第二集比較多情欲戲（？），第三集比較重感情戲一點，並且帶出了每個角色背後的故事與伏筆，希望大家在觀看同時感受到不同的閱讀滋味。

最後很感謝你們支持《惡魔調教》第三集，我們下集見！

歡迎來這邊找帝柳聊天唷：

粉絲團　https://www.facebook.com/hedy690/

帝柳

高寶書版集團
gobooks.com.tw

輕世代 FW235

惡魔調教Project03

作　　者　帝　柳
繪　　者　愁　音
編　　輯　林紓平
校　　對　謝夢慈
美術編輯　邱筱婷
排　　版　彭立瑋
企　　畫　姚懿庭

發 行 人　朱凱蕾
出　　版　英屬維京群島商高寶國際有限公司臺灣分公司
　　　　　Global Group Holdings, Ltd.
地　　址　臺北市內湖區洲子街88號3樓
網　　址　www.gobooks.com.tw
電　　話　(02) 27992788
電　　郵　readers@gobooks.com.tw（讀者服務部）
　　　　　pr@gobooks.com.tw（公關諮詢部）
傳　　真　出版部　(02) 27990909　行銷部 (02) 27993088
郵政劃撥　19394552
戶　　名　英屬維京群島商高寶國際有限公司臺灣分公司
發　　行　希代多媒體書版股份有限公司/Printed in Taiwan
初版日期　2017年6月

國家圖書館出版品預行編目(CIP)資料

惡魔調教Project / 帝柳著.-- 初版. -- 臺北市：
高寶國際, 2017.06-
冊；　公分. --

ISBN 978-986-361-413-5(第3冊：平裝)

857.7　　　106006672

三 日 月 書 版

三日月書版

GOBOOKS & SITAK GROUP©

GOBOOKS
& SITAK
GROUP©